Saka & Chorefuji Presents
ある魔女が死ぬまで 2
-蒼き海に祝福の鐘は鳴り響く-

「おし……しょう……さま……」
「私の愛娘に
手を出すんじゃないよ」

私がまともに
視認することができず、
声を出すことすらも
叶わなかったサタンに、
たった一人で
向き合っている。
それがどれだけ
偉大なことなのかを、
言葉に表せられない。

CONTENTS

ある魔女が死ぬまで 2

-蒼き海に祝福の鐘は鳴り響く-

著：坂
イラスト：コレフジ

Character

メグ・ラズベリー Meg・Raspberry

二つ名は『ラピスの魔女』。
師から余命一年を宣告される。
ポジティブおばけ。少し口が悪い。

ファウスト Faust

二つ名は『永年の魔女』。七賢人の一人。
メグの師であり育ての親。
全てを見通す千里眼を持つ。

祈 Inori

二つ名は『英知の魔女』。七賢人の一人。
極東出身。製薬会社で新薬開発に従事。
メグを右腕候補として認める。

ソフィ・ヘイター Sophie・Hayter

二つ名は『祝福の魔女』。
十七歳で七賢人入りを果たした天才。
じつは食いしん坊。メグと友達になる。

フィーネ・キャベンディッシュ Fine・Cavendish

メグの親友で理解者。
とても可愛らしく
心優しい少女。

クロエ Chloé

二つ名は『言の葉の魔女』。
七賢人の一人。
精霊と人とをつなげる仲介役。

ウェンディ Wendy

クロエの一番弟子にして従者。
ふわふわしている。

エルドラ Eldora

二つ名は『災厄の魔女』。
七賢人の一人。
認識阻害の魔法を常に使っている。

ジャック・ルッソ Jack・Russo

二つ名は『生命の賢者』。
七賢人の一人。
アクアマリンで魔力汚染の治療法を研究中。

第8話
言の葉と
災厄と
式典と

それなりに大きく、それなりにたくさんの人が住むこの街は地方都市ラピス。

この街には魔女がいる。

世界に七人しか存在しないという『七賢人』が一人、永年の魔女ファウスト。

そしてその弟子――

「あ、メグだ！　やーい、ブサイク、スッピン、陰キャ」

「誰がブスゴマダレ芋娘陰キャじゃミンチにしてハンバーグとして美味《お》しくいただかれてもええんかおどれぇ！」

「わーい、怒ったぁ」

ラピスの魔女こと私、メグ・ラズベリーである。


今から約二ヶ月前の十七歳の誕生日。

見習い魔女だった私は突然お師匠様より宣告を受けた。


――お前、死ぬよ。あと一年で。


通常の千倍の速度で老いる『死の宣告』の呪い。

十七歳の誕生日を迎えた日、私は生まれつきこの呪いに掛かっていたことが判明した。

呪いから逃れる方法はたった一つ。人の感情の欠片《かけら》である嬉《うれ》し涙《なみだ》を千粒集めて『命の種』を生み出すこと。

お師匠様の魔法が掛かった小さなビンを受け取った私は、今までに五十粒ほど感情の欠片を集めることができた。中には嬉し涙以外の涙も混ざっていたようだが……どうやらその涙にも不思議な力が宿っているらしい。

ビンが涙を集めたことには何らかの意味があるというお師匠様の言葉を信じて、とにかく感情の欠片を千粒集めることが私の目下の目標。

嬉し涙集めに走り回ったこの二ヶ月間は、私の魔女人生の中でも特に濃いものとなった。

お師匠様と同じ七賢人の一人である祈《いのり》さんやソフィと出会ったし、一人前の魔女の証《あかし》として二つ名『ラピスの魔女』の称号をラピスの街の人々からもらうこともできた。すごく順調とは言えないかもしれないけれど、たくさんの人との出会いのお陰で嬉し涙集めにもより力が入っている。

とは言えまだまだ修行中の身。故に私の生活に暇《いとま》はない。毎日が魔法の修行と勉強、そしてお師匠様に与えられたおつかい――偉大な使命の遂行に日々邁進《まいしん》しているのだ。

しかしながら皮肉にもこの生まれ持っての美貌と人徳のせいだろうか。こうして街に出ると、毎日のように人々が寄ってきてしまう。

特にこの美しさに魅了されたクソガキ……子供たちが。

そんな子供たちの相手も、私はしてあげているのだ。

「メグって何歳？」

「あぁ？　十七だけど……」

「弟子歴何年？」

「え……十二年くらい？」

「私、昨日テレビで見たけど普通の魔女は十年で独り立ちするんだって」

「僕も見た！」

「俺も！　やーい、万年見習い！」

「うぁぁぁ！　ぬぅあぁぁぉ！　うごごごごあがおごご！」

「怒りすぎて言葉を失った獣だぁ！」

「キャッキャッ」

そう……相手してあげているのだ。

私が我を忘れて涎《よだれ》を垂らしながら逆ブリッジの状態で子供たちを追いかけて回してると、不意に誰かが私の前に立った。

「ズベリー……」

ドン引きした顔で私を見下ろしているのは、青い髪に美しい赤い瞳の美少女。

七賢人の一人『祝福の魔女』ことソフィだった。

「ソフィじゃん！　異界祭り以来だね！　元気してた？」

私が逆ブリッジ状態から全身をバネにして立ち上がると、ソフィは一歩身を引く。

「寄らないで」

○

「魔法式典？」

「二十年に一度の魔法式典が今年開催される」

ラピスの外れにある魔女の館のリビングにて紅茶を口にしながらソフィは淡々と語る。

「魔法に関わる魔導師や企業が参加して新技術の公表をする。魔法協会主催の、魔法の大祭だって」

「はぇー、そんなすんごい式典があるんだ」

テーブルにお茶を置くとお師匠様は静かにカップを口に運んだ。

「ちゃんと時事を追いなと言ったろう。ニュースでも話題になってるくらいだ。魔法関係者なのに知らないのはお前くらいさね」

「まぁ基本的に重要なニュースはお師匠様が教えてくれるし……」

「人を時報扱いすんじゃないよ！」

お師匠様は呆《あき》れたようにため息を吐く。

「とは言え、前回魔法式典が行われたのはお前やソフィが生まれる前だから知らないのも無理はないかもしれないね」

「同じ歳《とし》なのに私は知ってる」

「ソフィとメグじゃ出来が違うからね」

「一言多くない？」

突っ込むも虚《むな》しくスルーされる。ソフィは気にせずカラカラとティーカップの中をスプーンで混ぜた。

「魔法式典は魔法の最先端のイベント。参加できるのも魔法協会からの招待を得た人だけ。それはトップクラスの魔導師や企業の役員、一部の大手マスコミの記者。当然、七賢人も入る」

「ほほぉ、つまり自分がすごいと？」

「トップクラスであることは自惚《うぬぼ》れでなく事実」

「うぐ……まぁそうだけどさ。でも、そんな式典に私がお呼ばれしても良《い》いのかなぁ？」

「『永年の魔女』の弟子なら参加資格は十分ある」

「私は魔法式典が行われるにあたり魔法協会の会長から何かと依頼が入っていてね。忙しいからお前を連れていくかは迷っていたんだが——」

「私が連れていくよう声をかけた」

「ソフィが？」

私が目を向けると、ソフィは視線を合わさないまま首肯した。

「魔法式典は魔女にとって特別な日。参加しない手はない。新しい魔法の情報もたくさん集まるらしい。ズベリーが参加すれば嬉し涙集めや呪いを解くヒントが見つかるかもしれない」

「そっか……。ありがとね、ソフィ」

するとソフィは少し顔を赤らめてプイとそっぽを向いた。照れているのは言われなくてもわかる。

「ズベリー、嬉し涙は今どれくらい集まった？」

ソフィはチラリと私のベルトに引っかけられた涙のビンに視線を寄せる。

「えっと、ちょうど五十粒かな」

「全然足りてない」

「そない簡単には集まりまへんて。あ、嬉し涙は不調でも、街の人から二つ名はもらえたよ！

『ラピスの魔女』っていう二つ名を！」

「ラピスの魔女……。街の名前をもらったの」

「メグがそれだけラピスという街と向き合った証拠さね」

「……そう」

ソフィは柔らかな笑みを浮かべると、そっとカップを口に運んだ。

何だか和やかな空気が室内に立ち込める。妙に気恥ずかしい。

「テレビでも見よっか」

私がテレビをつけると、ちょうど七賢人の特集が映し出されていた。

『言の葉の魔女』ことクロエの特集だ。

言の葉の魔女クロエは、その外見で注目されている七賢人の一人。『抱きたい魔女No．1』とも言われているらしい。おっとりとした母性溢《あふ》れる見た目のおかげで特に男性からの人気が高い。たまにこうしてテレビに登場するから、私もその顔はよく知っていた。

テレビの露出が多いのは断トツで『祝福の魔女』ことソフィ。

次点が何かと大きなイベントを仕切る『永年の魔女』ことお師匠様。

その次に続くのが、この『言の葉の魔女』ことクロエだ。

祈さんは研究者だからあまり前に出ることはないし、他の三人に至ってはテレビに名前が出ることすらあまりない。

露出が多い組と、露出が少ない組、そして中間。

そんな形で分かれているのが私の七賢人に対する印象。

私がテレビを眺めていると「魔法式典にはクロエも来るかもしれないね」とお師匠様が言った。

「この美人を生で見れんのかぁ」

「クロエが美人？」

何か引っかかったようにソフィが怪訝《けげん》な顔をする。変なこと言っただろうか。

「だってめっちゃ美人じゃない？　この人。まぁ、私には負けるけど」

「ズベリーはもっと鏡を見た方が良い」

「何が言いたい？」

ソフィはじっとテレビを見つめた。

「まぁ、この人は美人だね」

その妙に他人行儀な言い回しが、何だか心に引っかかった。

○

魔法式典は大晦日《ニューイヤーズイヴ》にやるらしい。

「何で一年の最終日にやるんだよ……」

早朝、式典の準備で先に向かうことになったお師匠様を玄関へ見送りながら私は呟《つぶや》いた。

まだクリスマスとかならわからないでもないが。一年の終わりの日に仕事を入れるなんて、魔法協会も配慮がないものである。

するとお師匠様は「事情があるのさ」と言った。

「魔法式典は開くことのできるタイミングが限られる。それがたまたま大晦日と重なったんだ」

「いろんな参加者がいるみたいですから事情はわかりますけど」

「そうじゃないが……まぁ、そのうちわかるだろう」

お師匠様はそっと肩をすくめると、真剣な表情を浮かべた。

「いいかい、メグ。お前は魔法式典に遊びに行くわけじゃない。ちゃんと学びの場として世界最先端の魔法に触れな。新しい魔法に触れることは、未知の呪いを解くことにも繋《つな》がるからね」

「わかってますって」

「それなら良い。じゃあ行ってくるよ」

何か妙に含みのある言い方に訝《いぶか》しんでいると、さっさとお師匠様は行ってしまった。薄情なものだ。見送りが終わりリビングに戻ると、眠気眼《ねむけまなこ》をこすりながらソフィが起きてくる。

「おはよう、ソフィ。今紅茶入れるよ。それかコーヒーもあるけどどうする？」

「コーヒーが良い」

「うい」

「ファウストは？」

「式典の準備があるって先に行ったよ。そういえばソフィは一緒に行かなくて良かったの？」

「私がいないとズベリーが式典に参加できない」

「まぁ、その場合はお留守番になるね」

「それはダメ」

「何でさ？　えらい強情だね？」

「だってズベリーがいないとつまらないから」

「うん？」

何やらソフィらしからぬ発言が出た気がして眉をひそめていると、彼女は話を逸《そ》らすようにテレビをつけた。ニュースで魔法式典に関する話題が報道されている。ソフィが適当にチャンネルを替えてみるも、どこも魔法式典の話ばかりだ。

「大晦日なのにテレビが魔法式典一色だね」

「魔法式典は世界中から魔導師が集まる一大イベント。無理もないかもしれない」

「オリンピックみたいだなぁ。でもどうして開催が二十年に一度なんだろ？　間隔空きすぎじゃない？」

「小さな研究発表や学会と違って魔法式典は別格。二十年に一度なのもちゃんと理由がある」

「理由って？」

「そのうちわかる」

説明するのが面倒なのかどうやらソフィは会話を最低限に抑えるつもりらしい。

追及しても無駄だろう。

――魔法式典は開くことのできるタイミングが限られる。

先程のお師匠様の言葉が脳裏に蘇《よみがえ》った。何か関係あるのだろうか。

やがて祭典へ向かう準備を進め、家の前で使い魔のシロフクロウとカーバンクルを連れた私とソフィが集まった。

「ソフィ、本当に荷物とか持っていかなくて良いの？　私も最低限しか持ってないよ？」

「大丈夫。またここに戻ってくる」

「戻るって……北米から？」

何を考えているか全然読めない。チンプンカンプンだ。するとソフィは「今からこれを使って移動する」と足元を指差した。魔法陣が描かれている。普段は空中にサッと魔法陣を描く彼女が、こうして地面に陣を構築するのは珍しい。

「これは？」

「転移の魔法陣。式典会場で用意されてるもう片方の転移陣に移動する。特殊な組み合わせで発動させられる魔法」

「そんなんあるんだ？」

「難度は高い。でも魔法陣は現象魔法の延長線上だから、勉強してたら自然に覚える」

「そんなんあるんだ？」

ポンコツＡＩのように同じ発言をする私を無視し、ソフィは言葉の端々に才能を匂わせながら慣れた手つきで魔法陣に魔力を込めた。

「じゃあここに乗って」

「う、うん……」

ソフィに促されるまま魔法陣に乗る。

同時にシロフクロウとカーバンクルとソフィも陣の上に乗った。

「じゃあ発動する」

「あっ、ちょっと待――」

私が言葉を発する間もなくソフィはパチリと指を鳴らした。

刹那、世界が変わった。ほんのコンマ数秒の間に、私の視界が変貌したのだ。

「着いた」

「早っ！」

驚いてすぐ、私は言葉を失う。だって目の前の光景があまりにキレイだったから。先程まで真っ青だった空が突如夜になり、星が流れ、オーロラが浮かび上がっていた。きらびやかな装飾、高級ホテルで提供されるようなビュッフェ、大勢の人々、笑い声、華やかな音楽。

魔法式典の会場が目の前に広がっていた。

◯

「すげぇ……」

思わず感嘆の声が漏れた。

美しく幻想的でありながら、祭りのように賑《にぎ》やかな空間に私は立っている。見渡す限りたくさんの人がいて、半数近くは魔導師なのだろう。一歩歩くたびに足元に魔力の強い流れを感じた。ここまで瑞々《みずみず》しい魔力の巡りを感じるのは初めてだ。力が溢れ出るような気さえする。

「思った以上にすごい」

ソフィがそっと声をかけてくる。

「ここってどこなの？」

「魔法協会が管轄する北米の聖地。たぶん、現界と異界の狭間《はざま》のような場所」

「そんな場所がこの世にあるなんて……」

「ここは普段閉ざされていて入ることはできない。開くのは二十年に一度だけってファウストが言ってた。私も入るのは初めて」

「魔力もすごく安定してるね」

「今日一日だけはここでどんな魔法でも構築することができるらしい。だからいろんな魔法の発表がされる」

「空が夜なのも魔法かな？」

「式典だから魔法で装飾してるんだと思う」

さっきから驚いてばかりだ。こんな場所があるなんて思いもしなかった。自分の常識が、どんどん塗り替えられていくような気がする。

「魔法協会って資格の管理とかお役所仕事ばっかりかと思ってたよ」

「魔法協会は全世界の魔法の統括組織。でもズベリーごとき底辺魔女は基本的に関わる機会がない。何故《なぜ》なら魔法協会は雑魚には無縁の組織だから」

「鬼の首取ったみたいな暴言やめろ」

私がソフィを睨《にら》んでいると、突如としてフラッシュライトがパシャパシャと私たちを照らした。眩《まぶ》しくて思わず目が眩《くら》む。

「何事？　敵襲か!?」

「カメラだよ」

「へっ？」

見るとたくさんの記者たちが、私たちにカメラを向けていた。雑誌やテレビ撮影だろう。リポーターや記者の姿が多数見られる。中には動画配信者らしき人まで存在していた。

神聖なイベントだと思っていたから、割とエンタメに富んでいて驚く。

「皆さんご覧ください！　七賢人『祝福の魔女』がたった今、会場に姿を見せました！　ソフィさん、今日はどのような発表をされるご予定ですか!?」

「ソフィさん！　本日の式典パフォーマンスを担当なさるそうですね！　ファンに向けて一言お願いします！」

いけない。このままではソフィが揉《も》みくちゃにされてしまう。

「ちょちょちょっとお待ちなすってぇ！　ソフィを撮影するならまずこの私を通してからにしてもらおうかい！」

「邪魔だ！　どけ！」

私が以前動画で見た極東の歌舞伎のモノマネで凄《すご》んでいると、ドンッ！　と押しのけられ人混みの外に放り出された。ものすごい数の記者が餌に群がるアリのようにソフィを取り囲む。蚊帳《かや》の外《そと》となった私は、ポツンと外野から様子を眺める羽目になった。

「ズベリー、大丈夫だから先行ってて」

ソフィが私にジェスチャーで伝えてくる。こういう事態は慣れているのだろう。しかし大丈夫と言われてもな。流石《さすが》にこのまま一人で置いていくのは心配である。

「仕方ない。シロフクロウ、ソフィに付いていてあげて」

「ホゥ」

私が指示するとシロフクロウはソフィの方へと飛んでいった。これでとりあえずは大丈夫か。何かあったら知らせてくれるはずだ。

「さて、じゃあどうしようかな……」

いきなり一人で行動する羽目になってしまった。突如として仲間はずれにされた子供のような寂しさと虚しさが私に押し寄せる。というか、何だかムカついてきた。

「やっぱあの記者どもに二ヶ月下痢で苦しむ呪いでもかけてやろうか……」

私がギリギリと歯ぎしりしていると「不穏なことを言うでない」と声がした。

「ここは魔法協会の管理下にある。そして今日は二十年に一度の記念すべき式典。呪いなぞかけようものなら、魔法を使う権利を永久剝奪されるぞ」

「あぁん、誰だぁ？　偉そう……に……」

私はそこで相手を視認して黙る。

立っていたのは白い髪と白い瞳の、幼い女の子だった。

◯

最初、その異質な外見に目を奪われた。

雪のように白い肌と髪。触れると溶けてしまいそうな白いまつ毛。繊細な見た目に反しその表情は明朗快活で、口元に覗《のぞ》く八重歯と強気な眉が彼女の儚《はかな》げな印象を払拭する。民族衣装のような変わった意匠の服装に身を包んでおり、どこかの森に住む妖精を思わせた。

少女の周囲には白く美しい光の珠《たま》がふよふよと浮かんでいる。

万物に宿る理《ことわり》の存在——精霊だ。少女はたくさんの精霊に囲まれていた。

「なんじゃ？　人のことをじろじろ見おって」

可憐《かれん》な見た目に反し老齢な言葉遣いだ。どうやら素でこの口調らしい。

奇妙な身体的特徴や出《い》で立《た》ちから、彼女が魔女かと考える。ソフィもそうだが、体に魔力が流れすぎると時にこのような形で外見に変異が出るからだ。ただ、ソフィと違ってこの子からは魔力が感じられない。外見の変異は魔力に因るものではないのだろうか。

アルビノ、という言葉が脳裏に浮かんだ。先天的な遺伝子の突然変異で体のメラニンが欠乏し体毛や瞳の色素が白化した状態をこう呼ぶ。魔女じゃないとしたら、この子はアルビノなのかもしれない。

言葉に詰まっていると「貴様、このイベントの関係者か？」と少女は私をビッと指差した。

「その貧相な身なり、貧乏くさい顔、雇われスタッフじゃろう」

「あん？」

「物騒な物言いをしていたのは咎《とが》めずにおいてやろう。それよりわしはこの会場に疎い。案内せい」

「何言ってんだこのクソガキ」

初対面のくせにずいぶんな物言いをする奴だ。

ムカついた私は少女の頬を鷲掴《わしづか》みにした。途端、相手がタコのような顔になる。

「目上の人に対する口の利き方ってぇもんを教えてやろうかぃ？」

私がまだ抜けきらぬ歌舞伎口調で凄んでいると「やめんかぁ！」と彼女は叫んだ。

「貴様！　一体誰に何をしておるのかわかっとるのかぁ!?」

「世間知らずのガキンチョに礼儀を教えてんだよ！」

「やめろ！　放せ！　やめんか！　やめて！　やめてぇよぉ！　うぇええ、うぇぇぇぇぇ」

とうとう泣き出してしまった。仕方ないから放してやると「バカぁ、ブスぅ」と泣きながら暴言を吐いてくる。まだ言うか。

さて、と気を取り直す。この子は誰だろう。親はいないのか？

そう考えてハッとした。ここは魔法式典。ひょっとしたらどこぞのお偉いさんの子では？

慌てて周囲を見渡すも親らしき人の姿はない。とりあえずホッとする。この喧騒《けんそう》で今の騒動も目立っていないようだ。

「もう良いから泣《な》き止《や》みなよ。悪かったよ、初対面なのに顔面鷲掴みにして」

ポケットからハンカチを取り出して少女の涙を拭いてあげる。すると足元にいたカーバンクルが少女の肩に乗って涙を舐《な》め出《だ》した。途端、少女の表情がパッと変わる。

「うわぁ！　可愛《かわい》いのう、見たことない動物じゃ！」

「私の使い魔なんだ。異界の住民だから普通見れないよ」

先程まで鼻水を垂らして泣いていた少女が満面の笑みに変わる。老齢な口調をしているが、やはり普通の女の子だな。

「ところであなたはどこから来たの？　お父さんとお母さんは？」

「従者と一緒に来たんじゃが、ちょっと目を離したスキにどこかへ行きおったんじゃ」

「やっぱ迷子か」

「迷子ではなぁい！」

少女は拗《す》ねたようにプイとそっぽを向く。面倒くさいな。

しかし「従者」ときたか。やはりどこかのお偉いさんの子供なのだろう。

「ということは、この子を無事に親元に届ければ謝礼金がもらえる……？」

「欲望が声に出とるぞ」

「まぁ、ここで会ったのも何かの縁だし。従者さん？　が見つかるまで私と一緒に回ろうよ」

「本当か？」

少女は一瞬嬉しそうな表情をするも、すぐに気まずそうに表情を正した。

「ふ、ふん、まぁウヌがどうしてもと言うなら良いじゃろ」

「面倒くせえガキだな」

まぁ良いか。こういう子供の扱いは案外慣れているのだ。

「あなた北米の子でしょ」

「何故わかる？」

「あなたの周りに白い綿毛のようなものがたくさん見えるんだ。それ、自然界にたくさんいる精霊だよ。北米地方は精霊がかなり存在する自然豊かな地域だからね。精霊に懐かれてるみたいだし、こんな小さな子を式典に連れてくるなら地元の子かなって」

「ウヌは精霊が見えるのか？」

「私は目の魔力が強いからね」

「精霊が見えると言った魔女は初めてじゃ」

「精霊は特殊な魔法でしか見れないからね。私みたいに素で見える人は珍しいと思うよ」

「ふぅむ、ちょっと興味が出た。ウヌの名前は何という？」

「今まで興味なかったのかよ。私はメグ。メグ・ラズベリーだよ」

「メグ？」

「そう。世界に愛された美少女。脳に刻みな」

「目の魔力は強いようじゃが、日は悪いんじゃな」

「初対面の人への礼儀って知ってる？」

私はそっと肩をすくめた。

「それで、あなたのお名前は？」

「……内緒じゃ」

「人の名前聞いといて自分は名乗んないの？」

「わしは名乗ってはいかんのじゃ。名乗らん約束なのじゃ……」

「はは、何それ――」

思わず笑ったが、冗談を言っているようには見えない。少女の真剣な表情を見て、それ以上の追及をするのはやめておいた。

こうして、私と不思議な少女との魔法式典巡りが始まった。

○

人混みの中、少女と手を繋いで歩く。カーバンクルは少女の肩に乗って大人しくしていた。すっかり懐いてしまったらしい。どうやら精霊に好かれているだけあって、彼女は動物からも愛されやすいようだ。

「すんごいねぇこの盛り上がり。私の地元の異界祭りよりすごいよ」

「当たり前じゃ。魔法式典は魔法界の著名人はもちろん、各国の政府高官までもが参加するからの。マスコミも多くなる。魔法協会の招待制とはいえ、その門戸は広いのじゃ」

「ホントだ。あの人知ってる、有名な配信者だよ。映画俳優までいるね」

「世界最先端の魔法が集まる一大行事じゃからのう。映画界でいう国際映画祭、ファッション界でいうファッション・ウィーク。本来ならどこぞの田舎魔女の小娘が来られる場所ではない」

「自分も子供のくせに」

よく口の回ることだ。少女の口の悪さは生まれつきらしい。はて、誰かと似ている気がするが気のせいかな。私ではない。そう、私ではない。

すると、不意にサングラスをかけたスーツ姿の男性たちが目に入ってきた。

「何、あのイカついの」

「SPじゃ。ここは著名人も多い。何かあれば、それだけで世界中を駆け巡るニュースになる。会場の警備も厳重なんじゃ」

確かに彼女の言う通り、魔法式典はただのお祭りとは違う気がする。会場の異様な雰囲気を肌で感じるのだ。至るところで魔法が扱われているのもあり、その感覚はより一層顕著になる。

立食パーティーのように会場側が用意した食事場所もあれば、企業や高名な魔導師が研究途中の魔法を公開する魔法ブースもある。田舎者の私からすれば、これだけ大規模な魔法を取り扱うイベントに来るのは初めてだった。

木々の成長を促す魔法、農家に用いられる栽培魔法、魔法を用いた新しい発電技術の発表。本当に多岐にわたる魔法があちらこちらで発表されている。

ふと見ると、製薬会社が発表している魔法薬が話題を集めていた。

「すごっ、開発協力者に祈さんの名前がある」

「『英知の魔女』か。それならあそこにおるぞ」

「えっ？　どこどこ？」

少女が指差した方を見ると、たくさんの魔法関係者に囲まれて話す祈さんの姿が見えた。いつもと違い、ずいぶん華やかだし、大人に見える。

「おーい！　祈さーん！」

手を振ってみるも気付いた様子はない。この騒ぎだから無理もないか。

「全然目が合わない……」

「知り合いなのか？」

「まぁ、ちょっとね」

祈さんは真面目な顔で話しているものの、彼女を囲む男性たちは心なしかデレッとしているように見える。そりゃあんな美人が胸元パッカパカに開いたドレス着てたら無理もないか。もう少し年相応の格好をせよ。

「すごい人気だなぁ、祈さん。近づけそうにないや」

「無理もあるまい。医薬品業界では今最も注目されておる魔女じゃからのう」

「そうなんだ？」

「魔法薬による抗がん剤のリスク低減と効力増大、薬物依存の治療、薬学の分野においてセンセーショナルな話題には、必ず祈の名が挙がるのじゃ」

「すご……」

今までは魔法と科学は別々に扱われる技術だった。でも近年では、魔法と科学を融合させて相乗効果を引き出すハイブリット化が注目を集めている。魔法協会の仕事が主なお師匠様と違って、製薬会社からの企業案件を受ける祈さんはその先駆者ってわけだ。

七賢人はとにかくやることの規模が大きい。

「それにしても、あなた色々詳しいんだね」

「七賢人のことは任せい。何でも知っておるぞ」

少女はえっへんと得意気に胸を張る。どうやら相当の魔法フリークらしい。こんなに小さいのに、よく勉強しているものだ。

「それにしても、なんだか異様に時魔法の研究が多いね」

企業ブースでは薬学や製造の最先端技術発表が主だったが、魔導師個人の研究となると途端に時魔法が目に入るようになった。空間転移などもあるが、それも時魔法の応用を謳《うた》っているものばかりだ。

すると少女は「そりゃそうじゃ」と頷《うなず》いた。

「時魔法は魔法を志すすべての者の憧れじゃからのう。最難関、最先端、最高位。それ故に未知で謎。技術を確立すれば一生遊んで暮らせる。夢のある分野じゃ」

「時魔法ってそんなにホットなんだ」

「うむ。時魔法の分野には空間転移も入るからな。時魔法の需要と利便性はより高くなる。懸賞金を出す企業もあるくらいじゃ」

「でもなんで時魔法なんだろ？　もっと色々あると思うけど」

「永遠の若さ、瞬間移動の技術、未来視、時の操作。それらがあれば、人類の英知は更に飛躍を果たすじゃろう。宇宙科学だけでも想像してみい。いろんな問題が解決するはずじゃ。星への移住、膨大な惑星エネルギーの利用、太陽を利用したゴミ処理などな」

「確かに……」

この会場に来る前にソフィの魔法を使って瞬間移動をしたが、あれは出着点にそれぞれ魔法陣を用意しておく必要があるし、時魔法とは全く異なる原理で専門的な技術や知識を用いているのだと考えられる。ここで謳われている空間転移とは、もっと手軽で自由なものが求められているんだ。

「体内時計の操作を医療に活用すれば進行性の病気を食い止められる。時間遡行が使えれば若返りも見込めるのう。しかも医療と違って魔法は技術力だけ。一度ノウハウを構築すれば再現性も高い。低コストハイリターン。時魔法は全人類のロマンじゃ」

確かにこれはものすごいビジネスだ。

魔法は理に働きかける手段だけど、科学で実現できる範疇《はんちゅう》を遥《はる》かに超える可能性を持つ。科学で不可能なことを、魔法なら実現できるのだと改めて実感する。

そこで、ふとお師匠様が脳裏をよぎった。

『永年の魔女』なら、ここで求められる時魔法の技術発展に大きく貢献できるはずだ。

でも少なくとも私は、お師匠様がそうした開発に取り組んでいる姿を見たことがない。

お師匠様の実力なら、それこそ世界有数の豪邸で悠々自適に暮らせる稼ぎを得るのも難しくないだろう。既存の技術力だけで数千万……いや、数億以上の価値はありそうな気がする。

なのに現実は、地方都市ラピスの外れで弟子と共に質素で慎《つつ》ましい暮らしをしているだけだ。

ただ、私は何となくその理由がわかる気がした。

時魔法の技術を発展させれば、たぶんたくさんの人を助けられるし救えると思う。

一方で、命の価値や、限りある資源の価値が薄まっていくだろう。

それはきっと良くないことを運んでくる。

「体内時計の操作か……」

その魔法をもし私が使えれば、命の種がなくとも余命一年の呪いを突破できるのだろうか。

でもお師匠様は、私に決して時魔法は教えない。

技術的に難しいというのもあるのだろうけれど、お師匠様にとって時魔法は……もっと特別な意味を持っている気がしたんだ。

○

目まぐるしいほどの人混みに揉まれながら、どうにか会場を一通り見て回った。見ていて退屈しないけれど、こう人が多いといい加減疲れてくる。

「全然見つからないね、従者の人」

「むぅ。あやつ、わしを放ってどこ行っとるんじゃ。二ヶ月間飯抜きじゃあ」

「死んでまいますがな」

そこでグゥッと音が鳴り響く。うるさい会場でも聞き取れる程度には大きな音だ。見ると、少女が恥ずかしそうな顔でお腹《なか》を押さえている。

「空腹じゃあ……」

「確かに腹減ったね。ビュッフェがあるし、何か食べよっか」

「よし、ならばわしが見繕ってきてやろう！」

「あ、ちょっと待って……」

少女は言うやいなや、喜び勇んでビュッフェの方へ走っていってしまった。まぁこの距離ならそう遠くないし、はぐれる心配もないか。

「仕方ないなぁ」

私が少女の背中を追って歩こうとすると、ドンと誰かにぶつかってしまった。

予期していなかったのでバランスを崩したものの、ぶつかった相手が私の腕を支えてくれる。

「あ、すいません。ありがとうございます」

謝罪しながら顔を上げ、ギョッとした。喪服を着た、奇妙な女性が立っていたから。

黒いドレスに身を包み、顔を黒いヴェールで覆った女性。美しく伸びたサラサラの黒髪と死人のような真っ白な肌。異質な気配と溢れる膨大な魔力の感覚に、彼女が魔女であることはすぐにわかった。それも、相当な実力の。

チリンと、どこからか鈴の音がした。刹那、周囲の喧騒が一瞬で消え去っていく。世界から切り抜かれたかのように、私たちの気配だけが浮かんで感じた。

妙な感覚がする。空気が張り詰めるような、心がざわめくような。

その正体に気付いた時、怖気《おぞけ》が走った。

この人――人を殺したことがある。

怖い。でもどうしてだろう。嫌じゃない。

彼女からはどこか、悲しそうな気配がした。

ボーッと見つめていると、女性が私の方に顔を向けた。表情が一切わからない。

「あなた……」

か細いのに、凛《りん》とした声。人混みで賑やかな場内にもかかわらず、その小さな声は妙にハッキリと私に届いた。

「呪いにかかってるのね」

「えっ？」

驚いた。祈さんやソフィでも見抜けなかった呪いに気付くなんて。

「どうして……？」

問いを投げかけるも、女性は答えない。

「あなたにはこれから過酷な運命が待ってる。呪いが解ける時、あなたは大切なものを失う」

「大切なものって、私の命ですか？」

しかし彼女は首を振った。

「もっと大切な、かけがえのないもの。命を投げ出しても構わないと思うほどに」

「かけがえのないもの……」

なんだそれは。私が考えていると、背後から「メグ」と声をかけられハッとした。

皿に大量の食料を載せた少女が立っていた。

「何ボケッとしとるんじゃ。ウヌがなかなか来ないから食べられんではないか」

「あ、うん。ちょうどこの女の人と話してて……」

しかし振り返ると、もうそこに彼女の姿はなかった。

「女性って、どこじゃ？」

「おかしいな……さっきまで確かにいたのに」

「そんなことより早く食べようぞ。もうお腹ペコペコじゃあ」

「あぅうん、そだね」

あの女性の言葉がこびり付いたように頭から離れない。

――呪いが解ける時、あなたは大切なものを失う。

――命を投げ出しても構わないと思うほどに。

あの女性は、一体誰だったんだろう。

あの言葉の意味は……何だったんだろう。

○

食事を終えて数刻経《た》った時、急に人混みがすごくなってきた。油断するとすぐに飲み込まれてしまいそうだ。

「メグぅ、どこじゃあ！　人混みがすごいんじゃあ……」

「ほらこっち！　手ぇ出して！」

「ううむむ……わしの手を離すでない！　メグ！」

縫うようにして進み、ようやく開けた場所へたどり着く。

「やっと抜けたよ……って何だここ」

私たちがたどり着いたのは、大きな広場を囲う人々の最前列だった。目の前に見えない壁のようなものがあり、これ以上進めない。魔法で仕切りが作られていた。

すると広場の中心に一人の女性が立った。見覚えのある青い髪。

「ソフィだ！」

そういえば魔法協会から依頼されてるとか言ってたっけ。

会場の照明が少し落とされ、薄暗くなる。

ソフィは人々に一礼するとクルクルと回り出し、天に手を伸ばして魔法陣を描いた。するとその魔法陣から次々に花火が上がり、歓声が湧き起こる。

次にソフィがそっと手を伸ばすと、そこに白く美しい鳥が羽を羽ばたかせて飛んでいた。

どう見ても見覚えがある。シロフクロウだった。シロフクロウが羽ばたくと閃光《せんこう》が走り、空に虹色の軌道が生まれる。その軌道は花火を更に彩っていた。

「あいつぅ、完全にソフィの使い魔みたいになってんじゃん……」

聡明《そうめい》なソフィとシロフクロウは相性が良いらしい。見ててムカついてきた。

ソフィがそっと手を伸ばすと、シロフクロウは静かにその手に着地する。

そしてソフィが目を向けた先から煙幕が焚《た》かれ、次に三名の人が姿を見せた。

真ん中には白ひげをたくわえた恰幅《かっぷく》の良いおじいさんが一人。その左側にいる老婆は――

「お師匠様……なんであそこに？」

不思議に思ったが、私はそれよりももう一人、右側の女性に視線を奪われた。

立っていたのは、先程の黒い服の女性だった。

「あの人……」

「あれは七賢人の一人、エルドラ」

補足するように、少女が真面目な顔でそう言った。

「『災厄の魔女』エルドラじゃ」

「災厄の……魔女」

その名前は知っている。この世を終わらせる力を持ち、かつて起こった大規模な戦争に介入し終結させたという、凄《すさ》まじい経歴の魔女。その圧倒的な力に鎖をつけるべく魔法協会は七賢人の席を渡したのではないかとテレビで魔法評論家が言っていたのを覚えている。

話に聞いたことはあったが、『災厄の魔女』の姿を見るのはこれが初めてだった。

「なんで『災厄の魔女』がこんなおめでたい式典に……？」

「ああ見えても七賢人の一人じゃからのう。魔法協会所属である以上、協会主催のイベントにいるのは別段不思議ではない」

「でも、エルドラって全然大それたイベントに出てくる印象がないんだけど」

「今日は魔法協会が主催じゃからのう。何か狙いがあるのかもしれん。それにほれ、あそこの真ん中に立つじいさんは魔法協会の会長じゃ。身辺警護と称して『永年の魔女』と『災厄の魔女』を観衆の前に立たせ、協会の権威を示そうとしておるのかもな」

「うはっ、政治的だなぁ」

国際魔法協会は世界中の魔法を管理する組織だ。魔法の発展や理解を広げるために従事し、七賢人という七人の魔導師も魔法協会が認定した。その活動分野は多岐にわたり、企業と提携して技術発展に貢献したり、各国の自治体を魔法で支援したり、ソフィのような特別な事情を持つ子供の育成にも尽力するなど、社会活動も行っているという。

そしてどうやら、あの中央に立っているおじいさんは、その組織の代表者らしい。

「今回の式典は魔法協会が様々なスポンサーを募って主催しておるからのう。なおさら、協会の力を示しておきたかったのかもしれん」

「この華やかな空間の中にも、大人の事情が蠢《うごめ》いているわけだ」

「ま、そうやって信頼を得ようとしても、エルドラがいる限り無駄じゃろうがな」

「そう言えばエルドラがこんなにたくさんの記者の前に立つのって珍しいよね。『災厄の魔女』って今まで新聞はおろか、テレビで放映されているのすら見たことないし、それって何か事情があるんでしょ？」

「大丈夫じゃ。見てればわかる」

「どゆこと？」

私が首を傾《かし》げていると、魔法協会会長がスピーチを始めた。

「えー、皆様。本日は記念すべき魔法式典へお集まりいただき、ありがとうございます。魔法協会発足から間もなく五百年。今年、この聖地が開かれ、変わらず安定した魔力が流れてくれていることを心より嬉しく思います」

会長のスピーチに合わせるように、記者たちがカメラを向けた。

激しいフラッシュの嵐が予想されたが、不思議なことにフラッシュもシャッター音も一切鳴り響かなかった。スピーチ中はマナーを守っているのだろうかと思ったが、どうも違うようだ。記者やテレビクルーの表情が明らかに陰っている。

「おかしいな、どうなってる？」

どうやら機材が正常に機能していないらしい。徐々にざわめきが広がり始める。

すると——


チリン。


どこからか、鈴の音がした。

エルドラが、記者たちに向けてそっと人差し指を口の前に立てていた。

同時に、場内のざわめきが一気に止む。シィーッというジェスチャーに合わせるように、人々は話すのをやめていた。何らかの魔力コントロールが行われているのがわかるが、それが何かわからない。これだけたくさんのマスコミがいるのに、誰も取材をしようとしていない。

私はその時、先程の少女の言葉の意味がわかった気がした。

写真を撮らないんじゃない。撮れないんだ。それが、魔女エルドラの力。

世界から音が奪われたかのような異様な空気のまま、魔法協会会長によるスピーチの声だけが場内に響いた。

「魔法協会では現在、大きなプロジェクトを進めております。本日は皆様に、そのご紹介をさせていただきたく、お時間をちょうだいしました」

すると、先程よりも照明の明かりが更に落ち、場内が暗闇に包まれた。

次に、何もない空間にスクリーンに映したかのような大きな映像が浮かび上がる。これも魔法によるものらしい。

「近年、世界の魔力の流れは大きく変化しつつあります。今年、この聖地には無事に魔力が満ちましたが、二十年後にはどうなっているかわかりません。森林伐採、水質汚染、土地の砂漠化。魔力を安定させる大自然は年々減少の一途をたどっており、魔力災害や魔力汚染も増えてきました。世界は刻一刻と、魔力の暴走による脅威に曝《さら》されているのです」

星に流れる魔力が何らかの形で溢れ出すと、時に高密度の魔力が魔法を暴発させる『魔力災害』が生じる。

そして共に増えているのが、魔力が動植物や土地を汚染する『魔力汚染』だ。

魔力が原因で体が変異し心肺機能が正常に動作しなくなったり、生態系が大きく狂ったり。魔力災害や魔力汚染によるニュースを、私もよく目にしていた。

それはどうやら、魔法協会が取り上げるほどに深刻なようだ。

「魔力災害によって滅び、魔力汚染により今もなお足を踏み入れられぬ死の土地がございます。年々魔力災害の数は増え、そう遠くない未来に大型台風や火山の大噴火のような、自然バランスを致命的に乱す規模の魔力災害が生じるでしょう。それは、何千、何万もの人々の命を危険に曝すだけでなく、この星を壊してしまうかもしれません。我々はそれを未然に防がねばならない。そこで魔法協会は考えました。この星を守り、魔力の流れを安定させ、人間も動物も安心して暮らせる方法を」

そこで、パッと目の前の映像が切り替わり、この星の図が表示される。

「我々魔法協会が考案したのは星の核へのアクセスです。我々の住むこの星の中心には核と呼ばれる物質が存在し、すべての魔力は星の核が生み出していると考えられています。その核を人の手で管理する。それが、魔法協会の出した答えです」

とんでもない話へと飛躍を始めた。思わず唾を飲む。

「魔力の流れを人の手で管理すれば、生態系のバランスを保ち、自然環境の改善と魔力供給の安定化を図れます。木々を育て、土地を浄化し、星をあるべき形に戻していける。それは、人類がより発展するために必要なプロセスです」

そこで、画面に表示される星の核が二つに分裂した。

星の中心と地上に、核が一つずつ存在している。

「星の核へアクセスする具体的な方法ですが、実際に穴を掘って星の中核へと赴くわけではありません。現代魔法をもってしてもそれは不可能です。そこで、我々が考案したのは魔力鉱石を使う方法です。魔力鉱石は非常に高濃度の魔力の結晶。その魔力鉱石を用いて、擬似的な星の核を地上に生み出します。地上に生まれた星の核を用いて本物の星の核と共鳴させ、働きかけるのです」

遠方にある星の核を操るため、魔力鉱石を素材として地上にも星の核を生み出す。魔法協会の会長が言っているのは、すなわちそういうことだ。それが良いことなのか、悪いことなのかはわからない。ただ、とんでもないスケールの話をされていることだけは理解できた。

魔力鉱石の実物を私は見たことがないが、存在だけは知っている。

高濃度の魔力が集まる場所に生まれる紫色の特殊な鉱石。魔力の密度が高くて強力な魔法の構築が可能な反面、扱いを間違えると魔法が暴走したり、魔力に体を汚染されるリスクもある。故に好んで使う魔導師はまずいない。そんな危険な物質を用いると魔法協会会長は言うのだ。

異常なことだと、ある程度の魔法の知識があれば誰もが気付く。

そもそも、誰がそれを扱うっていうんだ？

いくら魔力鉱石を使うにしても、星の中核にある物質への干渉なんて高度な魔法式を誰が構築できるというのか。何の分野の魔法なのか、想像もつかない。

物質転送に並ぶ高難度の魔法構築だ。物理魔法、現象魔法を超えた、もっと高度な……。

そう、例えば時魔法とか。

嫌な予感がした。

「もちろん、魔力鉱石を扱うのは素人ではありません。星の核へとアクセスする魔法を構築するのは、魔法界のプロ中のプロ。ここにいる、最高の魔女『エルドラ』と『ファウスト』に託されたのです」

○

魔法式典の挨拶は何事もなく終わった。場内はまるで禁が解けたかのように喧騒が戻っている。

さっきまでの奇妙な体験と、衝撃的な魔法協会の発表。

この場にいる皆が驚きをあらわにしていた。ただ、私だけが呆然《ぼうぜん》と状況を飲み込めずにいる。

魔法協会の発表は、言わばこの星の未来を左右するような一大プロジェクトだ。

でも、魔力の流れを根源的に操作するなんて、この世の理を意のままにしようとする行為なわけで。見方を変えれば、それは神に近づこうとする行為というか、生命を創造するのにも似た非人道的な行いでもあるんじゃないだろうか。少なくとも、私の知っているお師匠様はそんなことを好まないはずだ。

なのにお師匠様はこのプロジェクトに加わるという。

そして、何より、そんな話を私は今まで聞かされたこともなかった。

「とんでもない話じゃったのう」

少女がどこか不機嫌そうな顔つきで言った。

「星の魔力を操る一大プロジェクトか……気に食わんのう。しかもあろうことか、あの『災厄の魔女』が関わっとるときたもんじゃ」

「どうして魔法協会はあの二人を選んだんだろう……」

「実力じゃろう。『始まりの賢者ベネット』『永年の魔女ファウスト』『災厄の魔女エルドラ』。この三人は間違いなくこの世の魔導師の中でも別格じゃ。大方、ベネットには断られて、あの二人に話が行ったんじゃろ。その証拠に、今日ここにベネットは来ておらんようじゃ」

「でも、あんな計画に参加するなんて」

「何か裏があるのかもしれんのう。特にエルドラ、あやつだけは信じられん」

「エルドラっていえば、会場の雰囲気も異様だったよね。誰も声を出さないし。エルドラが何かしているのはわかったんだけど」

「呪いじゃよ」

「呪い？」

「エルドラはカメラに映らぬよう、自らの認識を阻害する特殊な魔法をかけておるんじゃ」

「じゃあ、さっき場内の音が消えたのも？」

「わしにはわからんが。同じく呪いじゃろうな」

「魔法でそんなことできるんだ……」

だからエルドラはメディアに出ないのか。改めて七賢人のすごさを感じる。

魔法の中でも人に悪影響を与えることに特化したのが呪いだ。

体を動かなくしたり、体調を崩したり、感覚をおかしくしたり。

そうしたマイナスの効果を付随させた魔法たちを総じて呪いと呼ぶ。

それをエルドラはほとんどの人間に呪いと気付かせることなく、いとも簡単に使ってみせた。

別格の存在、魔女エルドラ。彼女は、明らかに私の呪いについて何か知っている。

まだ心の整理はついていないけれど、今日は思わぬ収穫だ。

星の核に関する詳しい事情は後でお師匠様から聞くとして。今後お師匠様とエルドラが一緒に仕事をするのなら、私にも話すチャンスくらいはあるだろう。

もし、エルドラの智恵《ちえ》を借りることができれば、私の呪いを解く方法について何かわかるかもしれない。

私が思案していると、「ズベリー」と不意に声をかけられた。

振り返ると、肩に白いフクロウを乗せた見覚えのある美少女が一人。

「ソフィ」

「ずいぶん探した」

「ゴメンゴメン。すっかり式典回るのに夢中になっちゃってさ」

「別に良い。私も魔法協会の依頼で忙しかった」

「それにしても、この人混みの中よく見つけられたね」

「この子のおかげ」

ソフィは肩に留《と》まるシロフクロウを撫《な》でた。撫でられたシロフクロウは、心から嬉しそうに頭を預けている。すっかり懐いてやがる。

片や少女に懐くカーバンクル。片やソフィに懐くシロフクロウ。

「一人にしないで！」

思わず叫んだ。

「そういやさっき祈さんもいたんだけど……」

「会長が連れていった。セレモニーに華が欲しいって」

「そっかぁ。話せると思ったのに。残念だなぁ」

「七賢人に休みはない。魔法協会絡みとなると余計に」

「人間、こうもこき使われたら終わりやね」

「英国の片田舎で老婆の奴隷をしているズベリーは最も終わりに近い」

「酷《ひど》いこと言うな」

そこでふと思い出し、私は恐る恐るソフィに尋ねる。

「ねぇ、ソフィはさっきの魔法協会の話を知ってた？」

ソフィは首を横に振った。

「初耳。たぶんファウストとエルドラしか知らない」

「七賢人にも明かされてなかったんだ……」

するとソフィは何かに気付いたように少女に視線を向けた。途端、少女がギクリとしたように私の陰に身を隠す。

「ズベリー、そこにいるのは？」

「あぁ、この子？　何か迷子らしくて。従者とはぐれたとか何とか」

「迷子ではなぁい！　あやつが何処《どこ》かへ行ってしまったのじゃ！」

「はいはい。この調子だよ」

「ズベリー、そこにいるのは子供じゃない」

「どゆこと？」

すると「あー！　いた！」と場内を貫くような叫び声が響き渡った。

ビックリして辺りを見ると、一人の女性がコチラに向かって走ってくる。

どこかで見覚えのある、母性的な美人だった。

「どこ行ってたんですかぁ！　探したんですよぉ！」

女性はこちらに駆けつけるや否や、私の背後に隠れていた少女をがっしりと抱きしめた。

「誘拐されたんじゃないかって心配してたんですからぁ！　私ぃ、私ぃ！」

「ええい、わかった！　わかったから離さんかぁ！」

女性の顔を間近で見て、私の脳裏に今朝の記憶がフラッシュバックする。

テレビに出ていた抱きたい魔女Ｎｏ．１の美人。

「思い出した！　この女の人『言の葉の魔女』クロエじゃん！」

私が声を出すと「ふぇぇ……？」と間抜け面で女性がこちらを見た。テレビで見ていた感じとは全く印象が違うな。

「ズベリー、その人はクロエじゃない」

ソフィの言葉に私は「はっ？」と聞き返す。

「いや、どう見ても『言の葉の魔女』クロエでしょ。テレビで紹介されていたこのドスケベエロボディ、見間違えはせんぜよ」

するとクロエであることを否定された女性は「ふぇぇ……」と可愛らしい声を上げた。合コン受けでも狙っとんのかこの女は。その様子を見て、少女が呆れたようにため息を吐く。

「仕方あるまい。メグなら良いじゃろ。ウェンディ、自己紹介してやるのじゃ」

「は、はいぃ」

少女にウェンディと呼ばれた女性は私に向かって上品な仕草でお辞儀する。その仕草はテレビで見ていたのと変わらない、美しく洗練された動作だった。ふぇぇ……。

「改めましてご挨拶を。私はウェンディ。『言の葉の魔女』クロエ様の一番弟子ですぅ」

「はっ？」

「驚いたか、田舎魔女メグ・ラズベリーよ。わしが本物の『言の葉の魔女』クロエじゃ。覚えておくが良い」

唖然《あぜん》とする私の前で、少女がドヤ顔で腕組みする。その言葉を聞いてますますわからなくなった。

「どゆこと……？　クロエの弟子がクロエを騙《かた》って本物のクロエは実はクロエじゃなくて？　もしかして私が本当のクロエだった？」

「全然違う」

ポコッとソフィが私の頭にチョップする。

「クロエの存在は世界トップレベルの機密事項。だから隠していた」

「ウェンディはわしの影武者じゃ」

「影武者って……」

私が見つめるとウェンディさんはゆっくり頷いた。

「ご存知の通り、世間一般には私がクロエとして表舞台に立たせていただいているんです。そのせいで私は世界で抱きたい魔女No．1になってしまいましたぁ」

「最悪やんけ……。でも、何でそんな面倒くさいことを？」

「その理由はクロエの体質にある」

ソフィはそっと言葉を拾う。

「クロエは七賢人で唯一、魔法が使えない魔女」

「魔法が使えない？」

「わしは特殊な出生をしておってのう。人の理から外れた存在なんじゃ。わしの体は半分が人間で半分が精霊。精霊であり人でもある。人と精霊の仲介役として、この世の理の声を届けるのがわしの役割じゃ」

「そんな人がこの世にいるなんて……」

道理でクロエの中から魔力の気配が一切しないわけだ。一般人のレベルにすら及んでおらず、逆に珍しいレベルだった。

ただの魔法フリークの女の子にしてはやたら内部事情に精通している理由にも納得がいく。

災厄の魔女エルドラを彼女が嫌ったのも、星を破壊する力を持ったエルドラがクロエにとって精霊を苦しめる危険因子だったからだろう。

今日一日感じていた疑問が、パズルのピースがハマるように解決していく。

「魔法が使えないクロエ様は、自分を守る手段を持ちません。だから私がこうして代理人としてメディアとかに出て、クロエ様は裏で暗躍……みたいな」

「そっか、こんなに幼いのに大変だね」

するとソフィがおかしそうに噴き出した。普段ほとんど笑わないソフィが浮かべた私に対する嘲笑は、私に不思議な感情を抱かせる。あえて言葉にするならそう、これは『ムカつく』という感情に近い。

「ズベリー、クロエは私たちよりずっと歳上」

「歳上っていくつよ」

「百五十歳以上」

「百……!?　ババアじゃん！」

「だれがババアじゃ！」

クロエがプンスカ頬を膨らませる。

「わしは精霊の影響で体に流れる時間の流れが普通の人とは違うんじゃ！　それをババア呼ばわり

とは、なんと無知で愚かなことか！」

そう言われても、事実は事実だ。老齢な言葉遣いもそのせいか。

「色々疑問が解けたけどさ。そんな世界トップクラスの機密事項を私みたいなぺーぺーの魔女に話したりして良いの？」

「まぁ、メグはソフィの知り合いじゃし大丈夫じゃろう。にしても、どういう繋がりじゃ？」

「ズベリーはファウストの弟子」

「ファウスト様の弟子……？」

クロエの体がピクリと反応する。嫌な予感がして私が顔を逸らせると、クロエは親の仇《かたき》でも見るかのようなものすごい形相で覗き込んできた。

「貴様がファウスト様の弟子ぃ!?」

「ま、まぁね」

「数多《あまた》の魔導師が幾度となく志願して果たされなかった『永年の魔女』の弟子が、このようなボンクラの田舎娘じゃと？」

「ず、ずいぶんな言いようじゃん」

「なんで言わんのじゃこのたわけがぁ！」

「あ、あの、ソフィさん。すげぇキレられてるんですが」

「クロエはファウストの大ファン。だからファウストに特別扱いされる弟子が憎くて仕方ない」

「特別こき使われてるだけなのに！」

「その一つ一つがファウスト様の修行なんじゃあ！　そんなこともわからんたわけが、堂々とファウスト様の弟子を名乗るでないわ！」

「ひぇぇぇ……許して！　お代官さまぁ！」

「さっきから騒がしいと思って来てみたら、こりゃ何だい」

何事かと私たちが視線を向けると、お師匠様が呆れた様子でそこに立っていた。

「お師匠様！」

「まったくメグ、あんたはどこ行っても騒がしいね」

お師匠様は周囲の視線にも動じず、ゆっくりとこちらに近づいてくる。魔法式典ということもあり、お師匠様はいつに増して威風堂々として見える。まるで別人に思えた。

「ファ、ファウストしゃま……」

情けない声を出すクロエに、お師匠様はそっと視線を向ける。

「何だいクロエ、あんたメグと知り合いだったのかい？」

「迷子になってたクロエを私がぐふぅ！」

真実を話そうとした私の腹をクロエの肘鉄が射貫く。

「道に迷っていたメグを、このわしが見つけてやったのです」

「そうかい。不肖の弟子が世話かけたね」

お師匠様がクロエの頭を撫でると、クロエは「ひゃあ！」とどこぞの生娘のような声を出してだらしない表情を浮かべた。どうやら本当に慕っているらしい。

「お師匠様、こんなところに出てきて良いんすか？　記者会見とか色々あるでしょ」

「もうすぐ年明けだからね。そんな暇もないさ。メグ、あんたもそろそろ帰り支度をしときな」

「えっ？　それってどういう――」

その時、場内に大きな鐘の音が響いた。

どこから鳴っているのかもわからない鐘の音。その音が響くたび、聖地の夜空に輝くオーロラが美しく明滅した。魔力が活発に巡り、地面に光が満ち溢れ、波のように聖地を大きく駆け巡る。

まるでこの聖地そのものが歌っているようにも感じられた。

空に浮かんだオーロラが風にはためくカーテンのように揺れ、星たちはより一層強くその存在を主張する。地中を巡る魔力が変異し、鳥の姿を象《かたど》った。群れとなって聖地を飛び交い、やがて夜空へと向かっていく。遥か遠くへ飛んでいった鳥たちは、天に浮かぶ星たちと一つになり、やがて数え切れぬほどの美しい流星へと転じ空を駆け巡った。

息を呑《の》むような祝福が聖地に満ち溢れている。

「そろそろ年が明ける」

ソフィの言葉に促されて場内の時計を見ると、年を越すまであと三十秒を切っていた。いつしかずいぶんと時間が経っていたらしい。いや、それにしても早すぎる気がする。

「この聖地は魔力の流れが強いからね。時間の流れも早くなるのさ」

私の考えを読んだようにいつの間にか横に立っていたお師匠様が言った。

すると、クイクイと服の袖が引っ張られる。

クロエとウェンディさんが並んで私に顔を向けていた。

「メグ、そろそろお別れじゃ」

「えっ？　もう帰んの？」

「また今度遊びに来るが良い。ファウスト様の弟子となったらもう容赦はせん。今度はみっちりしごいてやるからの」

クロエは私の質問には答えず、ニッといたずらっ子のような笑みを浮かべる。

何だそりゃ。魔法も使えないくせに。私は苦笑すると「わかったよ」とだけ言って頷いた。

やがて徐々に視界に光が満ちていく。

まるでフェードアウトするように、私の意識は途絶えた。

◯

次に意識が戻った時、見慣れた古い家が目の前にあった。

見覚えのある光景と明るい空。魔女の館と、魔女の森である。

何だここは。戻ってきたのか？

不思議に思っていると私の両肩にシロフクロウとカーバンクルが乗ってきた。

「何しれっと戻ってきてるんだ。この裏切り者どもめ……」

私が恨めしげに声を出すと、二匹は気まずそうにサッと視線を逸らした。

「やっと帰ってこられた」

背後で何事もなかったかのようにソフィが立っていた。

「何で私たちここにいるの？」

「聖地は閉じた。私たちは戻された」

「年が明けてすぐ戻ったのなら夜な気がするのですが」

暖かく差す陽の光と澄み切った青い空はどう見ても穏やかな朝の到来を告げていた。

「聖地は北米地方にある。時差は約八時間」

「なるほど？」

するとどこからともなくお師匠様が姿を現した。

「聖地が開くのは二十年に一度。それもほんのわずかな時間だけさ。時間が過ぎたら聖地は閉じる。すると私たちは戻される。二十年に一度の奇跡の場所さね。メグ、あんたはそこに立てただけでも運が良かったんだ」

「ファウスト、いつからいた？」

「一緒に戻ってきただけだよ。これ以上魔法協会にいたら当分拘束されそうだからね。もう少ししたらゆっくりする時間もなくなるだろうし、年明けくらいは我が家でゆっくりしても良いだろう」

「それって、魔法協会発表の新しいプロジェクトに着手するからですか……？」

私が真剣な視線を向けると、お師匠様は何故か笑みを浮かべた。人の真顔を見て笑うな。

「話はおいおいだ。それよりメグ、お茶入れとくれ。ソフィへのもてなしも忘れずにね」

「お腹へった。ズベリー、何か作って」

「えぇー!?　年明け早々労働……？」

私はげんなりした様子を見せつつも、フッと笑みを浮かべる。

自分の死を宣告されて、数ヶ月が経つ。

まだ全然状況は改善されていないし、前に進んでいるとも言えないはずなのに。

何だか今は、この何でもない光景が、どうしても愛おしく思えてしまう。

一年の始まりと共に、気持ちを新たにして。

「こうなりゃ腕によりをかけますよ！　お前たち、手伝ってちょうだい！」

「キュイ！」

「ホゥ！」

今年も賑やかな年になりそうな予感だけを胸に、私はキッチンへと駆けた。

第9話
悪魔に
魅入られた
家族

年が明けてから本格的に星の核プロジェクトが開始された。

星の核に働きかけ、魔力の流れをコントロールし、星の再建を図る一大プロジェクトだ。

しかしそれは同時に、数多くの批判を生み出すことにもなった。

『魔法協会は今回のプロジェクトに関し、過去複数回の戦争に関わったとされる『災厄の魔女』を抜擢《ばってき》しました。一体どのような意図で人選を行っているのでしょうか』

テレビでは毎日のように魔法協会への批判と星の核プロジェクトの話題が上る。第二次世界大戦にも関わったというやばい魔女が参加しているのだから、それは無理もないだろう。

これまで魔女エルドラと言えば、持ち前の呪いの力によりほとんどテレビ報道がされてこなかった。でも今回の件がきっかけで話題に上るようになっている。

「お師匠様、大丈夫なんですか？　これ」

「長くは続かないだろう。エルドラの力は強力だ。二、三日もすれば報道もされなくなって、名前すらほとんど覚えられていないはずさね」

「へぇ、そうなんだ」

「さもなければ、今頃あの子は世界中から命を狙われているはずだからね」

「命を……？」

「それだけ敵が多いってことさ」

お師匠様はエルドラのことを「あの子」と呼ぶ。

それはまるで、懐かしい友人に対する呼び方にも、大切な我が子に対する呼び方にも思えた。

二人とも七賢人なわけだし、付き合いも長いのだろうけれど。

何かもっと違う、特別な関わりがあるように思えるのだ。

「さて、テレビばっかり見てないで仕事するよメグ。今は一分一秒が惜しい時だ」

「ふぁーい」

どうしてこのプロジェクトに参加したのか。

お師匠様とエルドラは一体どんな関係なのか。

それらを、未《いま》だに私は聞けないでいる。


星の核に関する研究で、最近のお師匠様はずっとバタバタだ。私も資料集めを手伝ったり、お師匠様の仕事を肩代わりしたり、何かと忙しい。ただでさえ私の残り寿命には限りがあるというのに、ここ最近は嬉し涙集めすらままならなくなってきた。

また、資料集めをしている中で少しだけ私は星の核プロジェクトについて知識をつけた。

星の核は、地球の奥底——星の中心に存在する核だ。鉄とニッケルから成る高熱の液体に包まれており、化学反応を起こすことで魔力を生み出しているらしい。

今まで自然環境が地上を流れる魔力の濃度を一定にしてくれていたが、都市開発が進むと自然環境が汚染、破壊されることで、均衡を保っていた魔力の流れに乱れが出始める。溢れた魔力は生態系の変異や、災害をも生む脅威となった。

最近では、自然を回復させようとする動きも盛んになり、都心部でも緑と都市との共存を謳う街づくりが主流となっている。しかし、失われた環境の回復はそう簡単にはいかない。緑化活動を阻む元凶となっているのが、増加した魔力なのだという。

皮肉にも人類は、自分たちのせいで自分たちの行動を阻まれているのだ。

星の核プロジェクトは、乱れた魔力の流れを人為的にコントロールしようという魔法協会発案のプロジェクト。

魔力を正常にコントロールすれば人間に有益な効果を生み出せる。私がたった十数年でラピスに魔女の森を作ったように、緑化を効率化することもできるだろう。そうすれば、人間は自らの過ちを正すことができる。それが魔法協会の出した答えだった。

こう見ると、魔法協会のやっていることは間違っていないようにも見える。

だがすでに相当の議論を生んでおり、失敗した時のリスクや、魔力の暴走の懸念などが様々なメディアで報じられていた。お師匠様の報道も、近頃ではめっきり増えている。

このラピスの街にも、お師匠様への取材を求めてやってきた記者の姿が見られた。

平穏だった魔女の家に、多数の記者たちが集うようになる。

「お師匠様！　記者が集まってきました！」

「メグ、私は忙しい。あんたが出な」

「私が……!?」

ついに全国デビューか。私は意を決してドアを開く。

「皆さぁん、このわ・た・しが質問にお答えして上げましてよ！」

燦然《さんぜん》と輝くフラッシュが私を照らし出す……はずだった。しかしながら、何故か私が出るといつも報道マンたちは皆がっかりしたように帰っていくのだ。なんでやねん。

「天然の呪いだ、こりゃ良い厄介払いになるね」

その光景を見てお師匠様はくっくっとおかしそうに笑っていた。誰が呪いじゃ。

「さて、遊んでないでさっさと仕事しちまうよ、メグ。街にも記者がいるらしいからね。私の代わりに買い出しに行っとくれ」

「記者なんていなくても行かせるくせに……」

とはいえ、逆らうことなぞできるはずがない。私はもはや奴隷も同然。言われるがまま仕事をこなす以外に選択肢はないのだ。というか、最近籠りっきりだからちょっとは気分転換したい。

スマホで買い物リストを眺めながらラピスの街を歩く。駅前の広場は今日も楽しそうにおしゃべりする老人や、遊んでいる子供たちの姿で溢れていた。

子供たちがキャッキャ言っているのを何気なく眺めていると、あるものに目が奪われた。

子供たちの中の一人、とある女の子の首筋に火傷《やけど》のような跡があったのだ。

「ねぇ」

「あ、魔女のメグちゃんだ！」

「知っててくれて助かるよ。あなた、えっと――」

「メアリだよ？」

「メアリね。いや、その首筋の傷どうしたのかなって」

メアリの首には、まるで焼きゴテで焼いたかのような跡がくっきりと浮かび上がっている。それはあまりにも痛々しい傷だった。烙印《らくいん》のようにも見える。

しかし、私の言葉を聞いたメアリは「傷？」と首を傾げた。

「うん、ほら、首触ってみて。火傷した跡みたいなのあるでしょ」

「えー？　ないよ」

「そんなはずないって。ほら、他の子にも見てもらおうよ」

私の言葉に子供たちが集まってメアリの首筋を覗き込む。

しかし、皆、不思議そうに首を傾げるばかりだった。

「何もないぞ？」

「変なの」

「えっ？」

どういうことだ？　メアリの傷跡はかなり目立っており、普通であれば見逃すことはない。それに気がつかないということは、子供たちには見えていないということか？

「あの、そこのおじいさん、すいません」

「どうしたのかな？」

「この子の傷跡、どう思います？」

「はて？　傷跡？」

おじいさんは不思議そうに首を傾げ、去ってしまう。

子供たちだけじゃない。普通の人には見えないんだ。

魔力を持たないと見えないものは、この世に一定数存在する。

魔力の流れ、霊魂、あるいは——呪い。

「メグわけわかんねー。何もないのに『火傷だー』だって」

「ファウスト様にこき使われすぎて頭がおかしくなったのよ」

「やーい、社畜ー」

「社畜って言うより奴隷じゃない？」

「万年見習いの従属奴隷ー」

「誰にもの言っとんじゃボケクソが！」

子供たちにブチ切れながらも、その烙印が妙に引っかかっていた。

胸騒ぎがするこの感覚……覚えがある。

誰かが死ぬ前に感じる胸騒ぎだ。

◯

幼い頃から、人には見えないものをよく見た。そして私が見るものの中には、普通の魔女にも見えないようなものも数多くあった。

未知の存在は異界と同じくらい現界にも存在するのだとお師匠様は言う。

魔法を扱うとは、普通の人間が立つ理からほんの一歩だけ足を踏み出して、この世に溢れる未知の一端に触れているにすぎないと言われた。

「メグ、あんたの目は世界の未知を知ることができる目だ。普通の人や魔女より、ほんのわずかだけどね」

「おしょうさまは見えてないの？」

「千里眼はね、時と距離を超えられても、世界の仕切りを跨《また》げはしないのさ」

私は目の魔力が強いのだと、幼い私にお師匠様は何度も言った。

それは私の資質なのだという。

だとすれば、メアリに刻まれた烙印もまた、私にしか見えないものなのかもしれない。

「メグ、なんて辛気くさい顔してるんだい」

「ふぇ？」

夜、夕食の席で神妙な顔をした私にお師匠様は訝しげな表情を浮かべた。

先程から私の食事はすっかり止まってしまっている。

「牛乳は昔から好物だろ」

「めちゃんこ好きです……」

「ミートソースの味もそう悪くないよ」

「会心の出来です……」

「じゃあステーキが食べたかったのかい」

「何で飯のことばっかやねん！」

私が思わず突っ込むと、お師匠様は愉快そうに笑った。

「ほんの冗談さね」

「変なネタ挟まないでくださいよ……」

「それで、どうしたんだい」

千里眼を持つ『永年の魔女』ファウストにとって、人の心を読むなんて雑作もないことだ。過去にどんなことがあり、未来に何が起こるのか。すべてとはいかなくても、そのほぼすべてを見抜く力が千里眼にはある。

でも、お師匠様はそれをしない。魔法の制約もあるのだろうけど、理由は別だ。

世界を見抜ける千里眼を持つからこそ、お師匠様は人と向き合うことを求める。

心を見抜かれると知れば、人は誰もが萎縮する。そうなれば誰も近づかず、誰も心を開かない。

だから魔女ファウストは言葉を使って私に問うのだ。

「話してごらん」と。

私は少しだけ逡巡《しゅんじゅん》した後「実は」と口を開いた。

「昼間、ちょっと気になるものを見てしまって……。メアリって女の子の首筋に火傷みたいな跡があったんです。けど、どうやら私にしか見えていないみたいで」

「見えてない？」

「はい。紋章みたいな形をしていました」

いつかソフィに習った魔法陣構築術を用いて空中に図を描いてみせる。

すると、お師匠様の表情が先程と打って変わって曇った。

「メグ」

「はい」

「悪いことは言わない。その子には近づかない方が良い」

「えっ？」

「その印はね、悪魔の烙印だ」

「悪魔……？」

「悪魔の生贄《いけにえ》に捧《ささ》げられたんだよ、メアリは。病的な悪魔崇拝者の手によってね」

悪魔を崇拝した誰かがメアリを生贄に捧げた。その事実に私は静かに息を呑む。

「生贄って、一体誰が……？」

「そこまではわからない」

「千里眼をもってしてもですか？」

「悪魔と契約を結ぶとね、未来も、過去も、闇に閉ざされちまうのさ。悪魔の力はそれほどまでに強大なんだよ」

お師匠様はそこまで言うと「ただ」と付け加えた。

「悪魔と契約するにはいくつか条件がある。例えば血を触媒に用いたり、生贄の髪の毛を束で用意したりね。どれも簡単なことじゃないから、恐らくメアリを生贄に捧げたのは身近な人間だろう。親しい友人、親戚、あるいは……家族」

「家族……」

「生贄を捧げれば悪魔は人に力を与える。特に、身内を生贄に捧げる人間を悪魔は好むからね。いずれも通常では手に入らない莫大《ばくだい》な加護を望んだ可能性がある。人知を超えた智恵や、未来を読む力なんかをね」

「そんなことのために、あんな小さな女の子を？」

「欲に魅入られた人間というのはとても愚かだ。残念だけどその子は助からない」

「助ける方法はないいんですか？」

「メグ」

お師匠様は私の問いには答えず、ただ静かに私の腕を掴んだ。机越しにギュッと握られた手の力は強い。まるで大切なものが連れていかれないよう、必死に掴んでいるみたいだった。

「悪魔崇拝に関わって死んだ魔女は少なくない。その子に関わるんじゃない。死の宣告の期限が来る前に死んじまうよ」

ショックだった。百戦錬磨のお師匠様の口からそんな言葉が出るなんて。

でも私はわかっていた。お師匠様は、冷たくあしらいたいわけじゃないのだと。

どうしようもない運命が待ち受けている時、あるいはとてつもない危険が待ち受けている時。

お師匠様の口調は、冷たいものに切り替わる。

それは、いつだって私を守るためだった。

○

「うぁぁぁぁ、やる気でねー」

ラピスの街にある行きつけのベーカリーにて。カフェテリア席で天井を仰ぎながら、私はダラけた声を出した。私の顔の上では使い魔のカーバンクルが寝転んでいるが、どける気にもならない。

エイリアンに寄生された人間の如《ごと》く顔面にカーバンクルをくっつけたまま、私は脱力していた。

「ちょっとメグ姉、店の中でペット連れ回さないでよ」

テーブルを拭いて回っていたベーカリーの息子のオネットが迷惑そうに私を見る。

なんだかイラついた私はカーバンクルの背中をつまみ上げると「あぁん？」と声を出した。

「テメエ、誰にもの言ってんだおぉん？」

「何ヤンキーみたいな声出してんのさ」

「これはペットじゃないんだよぉ！　使い魔！　私の忠実なる下僕！」

「キュイ？」

「何で下僕が主人の顔の上で眠るんだよ！」

「風通しの良い風潮でやらしてもろうとるんどす」

「屁理屈《へりくつ》ばっか言わないでよ全く……」

「ちぇっ、いいじゃんちょっとくらい。今お客さんいないんだし」

先程まで喧騒に満ちていた店内からは、波が引くようにサッとお客が消えていた。お昼過ぎのこの時間はいつもそうだ。

すると、カランカランとドアに付けられた鈴が鳴り響いて店の入り口が開くのがわかった。

「ほら、お客さん来たから隠して隠して」

「んもぅ、ドケチのムッツリ。ほら、カーバンクル、こっちに入りな」

「誰がムッツリだ」

上着でカーバンクルを覆い隠していると「あっ！」と声がした。

「メグちゃんだ！」

立っていたのは、メアリだった。今一番会いたくない相手だっただけに、一瞬ドキッとする。しかしそこはメグ・ラズベリー。将来伝説になる女。良い女特有の胆力を用いて、表情をしっかりと整えようではないか。

「あらん、お久しぶりねメアリ」

「あはは、変な顔」

まぁこんな日もある。今日は少し調子が悪い。下痢だし心不全でもある。不整脈も出たし肺が片方機能していない。おまけに盲腸でインフルエンザだ。そういうことにしておこう。

「メアリは一人でお使い……ではないよね」

「うん。ママとパパとパン買いに来たの！」

「へぇ、家近いんだ？」

「サウスニース通りだよ！」

「マジかよ。フィーネの家の近くじゃん」

「フィーネお姉ちゃんのこと知ってるの？」

「うん。幼馴染《おさななじ》みで親友なんだ。まぁ、マブダチってやつ？」

「そっかぁ。フィーネお姉ちゃん、メグちゃんと友達なんだぁ……」

「何か言いたいならハッキリ言えや？　おぉん？」

そんな会話をしていると、横からメアリの母親らしき女性が姿を現した。

長い髪をした、優しそうな顔立ちの人だ。どこかメアリの面影があった。

「はじめまして。ファウスト様のお弟子さんのメグさんよね？　いつもメアリがお世話になってます。メアリの母のジルです」

「あぁ、いいえ。こちらこそ娘さんにはよくしてもろてます。どうぞよろしゅう」

胡散《うさん》くさいキャラの私に引くこともなく、ジルさんはクスクスと笑ってくれる。見た目通り優しい人なのだろう。

この人が本当にメアリを生贄に捧げたのだろうか。とても信じられない。

そう思った時、すぐにそれが間違いであることに気がついた。

彼女の首筋にもまた、メアリと同じ刻印が刻まれていたからだ。

心臓の鼓動が早まるのを感じた。

「ジルさん。少し首筋よろしいですか？　ホコリが付いてるみたいなので」

「あら、本当？」

ジルさんは疑うことなく座っている私に首筋を差し出す。

私は恐る恐る、その烙印に触れてみた。

その瞬間。

ジュッ

まるで焼きごてに手を当てたかのような熱が指先を襲う。予想だにしていなかった事態に、私は思わずビックリして机に足を打ちつけ「痛ぁ！」と悶《もだ》えた。

「大丈夫？」

「だ、大丈夫です。ちょっと静電気にやられて」

「それにしてはずいぶん驚いていたけれど」

「私、昔から静電気が体に走るとエクスタシーを感じる体質なんです」

我ながら無茶苦茶な言い訳をしていると、ジルさんは「そう、可哀想《かわいそう》に……」と憐憫《れんびん》の目を差し向けた。この場は乗り切れたが、人として何か大切なものを失った気がする。

それにしても、何だったんだあれは。

烙印に触れた時、私は同時に三つの感覚に襲われた。

一つ目は、引きずり込まれる感じ。指先で少し触れただけなのに、まるで海の底に引きずり込まれるかのような、不気味で嫌な感覚が私を襲った。

二つ目は、視線。誰かが自分を見ている感覚が漠然と私を包んだ。

三つ目は、熱。まるで焼きごてを当てられたかのような、激痛が走ったのを覚えている。だが指は火傷一つ負わず、何ともなっていない。

悪魔の烙印と言われるのが納得できるほどの不気味な感覚に、私の体は震えていた。本能が近づいてはならないと警笛を鳴らしている。

烙印から感じられた不気味な気配は、未知の生命体を思わせた。

「メアリ、ジル、知り合いかい？」

不意に一人の男性が入り口の方から声をかけてきた。「あ、パパ！」とメアリが嬉しそうに駆けていく。メアリの姿を追うように視線を走らせた時。

私の呼吸は止まった。

「今ね、魔女のメグちゃんとお話ししてたんだよ」

「へぇ、ファウスト様のお弟子さんの？　パパも交ぜてほしいなぁ」

微笑《ほほえ》ましい親子の交流をよそに、私は立ち上がる。

「ちょっと私、お師匠様から言われてた用事を思い出しちゃって。今日はこれにて」

「えっ？　メグちゃん、もう帰っちゃうの？」

「ほほほごめんねぇ、こうみえても忙しくってさぁ。じゃあオネット！　お金、机の上に置いとくから！」

「あ、うん。毎度」

私は立ち上がり、足早に入り口のドアに手をかける。

すると。

「魔女さん」

背後から、声をかけられた。メアリの父親だった。

大きくとも何ともない声なのに、私の体はまるで杭《くい》を打ち付けられたかのように動かなくなる。

振り向くと、彼は眼鏡を光らせ、穏やかな顔で私を見つめていた。

「また今度、ゆっくりお話ししましょう」

「は、はい。また……」

私は店を出た。先程まで重りをつけられたかのようだった体が、一気に解放される。

逃げるように全速力で街を走った。

あれだ。あの人だ。あれが『契約者』だ。

メアリの家族は仲睦《なかむつ》まじく、父親は人の好《よ》さそうな男性だった。

だけど、あれは人間の気配じゃなかった。

メアリの父親の視線は、烙印に触れた時に感じた悪魔のものと同じ不気味さだった。

○

次の日、私は駅前の広場でとある人物と待ち合わせをしていた。

待ち合わせの相手に手を振ると、彼女は「もう、メグ遅い！」と頬を膨らませる。

親友のフィーネである。

「まぁぷりぷりしなさんな。言うて五分くらいでしょ」

「二十分よ！」

「なるほど？」

どうやらここまで来るのに慎重に慎重を重ねすぎたらしい。

「にしても、何であんた頭にフクロウ乗せてんの？」

フィーネは私の頭上を訝しげに眺める。私は使い魔のシロフクロウを頭に乗せて歩いていた。その姿はまるで大道芸人のようだったそうな。

「ちょっと見張りを立てておかないとまずい事態になってね。それで視野の広い人材を採用したんだよ」

「いや、確かに視野広いだろうけどさ。また何かやったの？　盗みとか、ひょっとして人体実験……？」

「はっはっは、寝言を」

この間のメアリの一件以降、私は外に出ることに怯《おび》えていた。

あの悪魔の視線に今も見られている気がしてしまうんだ。

シロフクロウにしばらく巡回するように言った後、私たちは小さなカフェに入った。

適当な注文をして一息ついていると、フィーネは「でっ？」と話を切り出す。

「今日は何の用だったの？　ただの遊びの誘いじゃないでしょ？」

「えっ？　どうして？」

「顔見たらわかるよ。何年友達やってると思ってんの。何か悩み抱えてるんじゃないの？　私で良かったら聞くよ？」

「どうせ学校でもそうやって嬉しい言葉と可愛い仕草で男をたぶらかしてんだろ」

「あんたそんなに殴られたい……？」

フィーネは呆れた様子でため息を吐く。

彼女の言っていたことは図星だ。今日私がフィーネを誘ったのは、メアリについて聞くため。

先日のベーカリーでの一件で、メアリがフィーネのご近所さんだったことがわかった。

メアリはフィーネのことをよく知っているふうだったし、何らかの形で家族間の付き合いがあるのだろう。だからフィーネなら、メアリの家庭の事情について何か詳しい情報を握っているのではないかと思ったのだ。友達を利用するみたいで何となく気が引けたものの、人の命が懸かっているとなれば背に腹は代えられない。

「実はさ、フィーネの近所に住んでるメアリって女の子について聞きたくて」

「メアリ？　確かに知ってるけど……どうして？」

「ちょっとのっぴきならない事情があってね」

「ふぅん？　別に良いけど。私もそんなに詳しいわけじゃないよ？」

「わかる範囲で良いよ。メアリの家庭についてこう、暗い噂《うわさ》とかない？　虐待の可能性とか、実は再婚した連れ子だったとか」

「……ゴシップでも探してんの？」

「いいから」

フィーネは最初こそ訝しげだったが、私が本気で言っているとわかると真剣な顔をした。

「メアリの家の暗い噂ねぇ。昔から仲良い家族だったし。再婚とか、連れ子だったとかも聞いたことないけど。あ、でも」

「でも？」

私がぐいと身を乗り出すと、少し気圧《けお》されたようにフィーネはたじろぐ。

「う、うん。父親のテッドさんを以前街で見かけたことがあったんだけど、ずいぶん暗い顔してたなって。お母さんに聞いたら、事業で失敗したとか何とか」

「事業で失敗……」

「それでずいぶん落ち込んでたって。一時期変な人たちとも交流してたみたいだし、なんか宗教にハマったんじゃないかって噂が立ったこともあったよ」

「宗教って、何の？」

「わかんない。テッドさんすぐに次の仕事に就いたし、噂も気付けば消えてたから。勘違いだろうってことになったんだと思う。もし宗教にのめり込んだとしても、一時的なもので今はやってないんじゃないかなぁ」

「なるほど……」

そこまで言ったあと、フィーネは「そう言えば」と思い出したように付け加えた。

「ペンダントつけているの、この間見たなぁ」

「ペンダント？」

「なんかシルバーでできた五芒星《ごぼうせい》みたいなの。いい歳した大人がつけるアクセサリーじゃないよね」

「ふむ」

五芒星のアクセサリー、怪しい人々、事業の失敗。

気になるワードがいっぱいだ。一度、調べてみてもいいかもしれない。

「ねぇメグ。いい加減教えてよ。こんな話させて何になるのか」

「えっ、うん。ただの趣味っていうか……」

「はぁ？」

「あのメアリって子が生意気でさ。仕返ししてやろうって思って、それでご近所さんのフィーネちゃんに色々聞いてみたけど、微妙に使いづらいネタばかりで困っちゃうよねぇっへっへ」

「あんたねぇ……」

呆れた様子のフィーネに、私はヘラヘラと笑う。だが、彼女の表情はどこか浮かなかった。

「また危険なことしようとしてない？」

「え？　何のことですかな、お嬢さん」

「嘘《うそ》が下手くそ」

豪速球のディスは私の心を貫く。私は耐えきれなくなり「ごめん……」と声を出した。

すると、生意気な我が子を見るかのように、フィーネは慈愛に満ち溢れた表情を浮かべる。

「言えない事情があるんでしょ？　それなら、無理に話さなくて良い」

「フィーネ……」

「でも、これだけは約束してよ。危ないことはしない、ちゃんと無事でいるって」

「結婚しよっか」

「バーカ」

ごめん、フィーネ。約束は守れないかもしれない。

この間、お師匠様が言っていた。悪魔憑《あくまつ》きの話を一般人にするのはタブーだと。

魔法の世界では、自分の迂闊《うかつ》な行動が時に他者を危険に巻き込むことがある。軽率な噂は、いとも簡単に呪いの認知を広げ、人ならざる者は自分の存在を認識した者に語りかける。

魔力のない無知な人間が悪魔を知ることは命取りだ。

だから私は、口に出す話題には気をつけなければならない。


「メグ」

「はい」

「今夜、仕事で出るからね。数日留守にするよ」

「はい」

「家を燃やすんじゃないよ」

「はい」

「馬鹿みたいにボーッとしてるね」

「はい」

「ダメだね、こりゃ」

「はい」

帰って食事をしていても、私は心ここに在らず。カチャリカチャリと食器がぶつかる音だけが妙に響いて感じた。

お師匠様はあれからメアリの話題も、悪魔の話も一切しない。

対峙《たいじ》する相手が危険であると、千里眼で見抜いてるからに違いない。

このまま何もしなければ、きっと私たちは無事で済む。メアリもジルさんも知らない間にいなくなって、ただ謎だけが残るんだ。でもそれはきっと、この先ずっと嫌な痛みになって残り続ける。消えることのない嫌な痛みに。

夜になり、お師匠様が出かけたのを見て私はこっそりお師匠様の書斎に入り込んだ。不思議そうに私を見る小動物たちをシーッと黙らせ、書物に目を通す。

「あった」

手にしたのは、悪魔信仰に関する魔術書。昔、掃除した時に一度目にしたのを覚えていたのだ。

この本には悪魔との契約の仕方や、儀式の方法など、悪魔に関する禁術が記されている。

契約を結ぶ方法があるということは、契約を破棄する方法だってあるはずだ。

契約する時と同じように破棄するのにも代償がいるなら、それを用意すれば良い。きっと何か、光明があるはず。

悪魔と魔女の歴史は深い。古い時代では、サバトと呼ばれる集会にて契約を結んでいたという。

そのため、かつてのサバトは恐ろしい儀式として認知されていた。

今の時代のサバトは、この本に記されるようなものとは全く違う。

いくつかの地区を跨いで魔導師たちが集う会議みたいになっている。

魔女や魔法使いは街に住み、街と共に生きる。だからこそ、土地の情報や近隣の魔力の変化の情報などをそうしてシェアしている。

悪魔信仰は衰退した。

それは、邪悪な魔法の使い手のせいで幾度にもわたって『血の歴史』が繰り返されたからだ。

今でこそ魔女や魔法使いは世界と共存しているが、恐れを抱いた人々に火炙《ひあぶ》りにされた歴史も確かに存在していた。人々のために生きた善き魔女が、一部の邪悪な魔女のせいで生きたまま火で焼き殺される。そんな凄惨な歴史が、この世界にはあったんだ。

長い年月をかけて、魔法を悪用する存在は淘汰《とうた》されてきた。

差別が完全に消えたわけじゃないけど、魔女や魔法使いのイメージはずいぶんと良くなっている。

少なくとも、ラピスの街にそうした遺恨は存在しない。

ページをめくっていると、私は一つの項目に目を留めた。

悪魔との契約履行に関する規則の話だ。

悪魔との契約には、悪魔崇拝の祭壇を設け契約を交わす必要があるらしい。契約を締結後、連日祈りを捧げ、実際に生贄を捧げる時も契約を交わした祭壇を用いるのだと言う。

生贄を捧げた契約者は、対価に見合った報酬を悪魔より受け取る。

そして生贄になった者の魂は、悪魔が飽きるまで延々と慰み者にされるという。終わることのない拷問を施され、泣き叫んでも誰も助けてくれない。あらゆる拷問を行われてもなお死ねず、体は再生し続け、悪魔の嗜虐心《しぎゃくしん》と肉欲を満たし続けることになる。

そして悪魔が飽きると同時に、その魂は悪魔に喰《く》われて消滅する。

魔術書に描かれていたあまりに凄惨な内容に、私は思わず目を背けた。

愛した家族をそんな目に遭わせるなんてやはりどうかしている。いや、もしこの本に書かれていることが本当だとしたら、誰かを悪魔に捧げること自体、常軌を逸しているのだ。

「祭壇を壊せば、ひょっとしたら……」

儀式の日付は月の十三日。

今日が十一日だから、あと二日しかない。それまでに祭壇を見つけないと。

その時、カタリと部屋の外から音がした。私は驚いて振り返る。

「お師匠様？　忘れ物ですか？」

勝手にこんな本読んでることがバレたら大目玉だ。恐る恐る声をかけるも返事はない。聞き間違いだろうか。しかし微《かす》かに、ギシッギシッと誰かが歩く音がした。使い魔にしては足音がおかしい。

そっとドアを開けて外を見る。廊下はやはり暗いままだった。

ドアが軋《きし》んでギィ……と音を響かせる。その音が、静寂を引き立てた。

「お師匠様？」

いないのはわかっているはずなのに声をかける。

すると今度は入り口の方からパタパタと足音が響いた。

先程とは違う軽快な足音。子供のものに聞こえる。そこでピンときた。街の子供が愚かにもイタズラしに来たのだ。お師匠様が街を出たのを見かけて、私を脅かしに来たのだろう。

足音は風呂場の方へと消えていった。

「くくく、このメグ・ラズベリーをたばかれると思うなよ」

逆に死ぬほど驚かせて泣かせてやろう。ビビりの感情の欠片を手に入れてやる。

「オラァ、クソガキ！　今何時や思とんねん！」

意気揚々と思い切り風呂場のドアを開くもそこには誰もいなかった。

「あれ？　おかしいな……」

確かに足音はこちらに向かったはず。しかし大人はおろか、子供ですら隠れられそうな場所はない。奇妙に思い、念のため玄関のドアを見てみると、しっかりと鍵がかかっていた。

「どうなってんの？」

おもむろに電気をつけたその時。

目の前に不気味な顔が浮かび上がり、思わず叫び声を上げた。

何事かと使い魔たちが部屋から出てくる。私は腰を抜かして床に座り込んでいた。

まだ心臓がバクバクしている。

「何今の……」

見間違いだろうか。男の顔にも、化け物の顔にも見えるものが一瞬浮かび上がったかと思うと、霧のように消えたのだ。

するとお次はリビングからパリンと何かが割れるような音が聞こえた。突然の霊的現象に、私を囲んでいた使い魔たちが一斉に逃げ去る。

立てないまま四つん這《よ　ば》いでリビングに入り、どうにか電気をつけた。

棚に入れてあった皿が一枚飛び出し、壁に衝突して割れた痕跡がある。皿に近づいて割れた破片に触れてみるも、魔法がかけられた様子はなかった。

ただ、妙な気配がしている。ジルさんの烙印に触れた時に感じた、悪魔の気配が。

「人ならざる者は自分の存在を認識した者に語りかける、か……」

すでに私は、悪魔の視界に入っているのかもしれない。悪魔はまだこの世に顕現していないのに、ちょっとした挨拶をされたような気がした。

あまり時間はない。お師匠様の助けが期待できない今、私が何とかするしかないんだ。

悪魔の危険性は私にだってわかる。ただでは済まないかもしれない。

でもきっと――

「大丈夫、だって今の私は、二つ名をもらえたんだから。……きっと何とかなる」

次の日の早朝。

私はメアリの家を遠巻きに観察していた。寒空の下、カーバンクルの毛皮とシロフクロウの羽毛に包まれ暖を取っていると、メアリの家から人が出てくる。メアリの父のテッドだ。

悪魔降臨の儀の前には数日間祭壇に祈りを捧げなければならない。

つまり、今日一日テッドを尾行してどこにも怪しいそぶりがなければ、祭壇は家の中にある可能性が極めて高い。

「行くよ、二匹とも」

「ホゥ」

「キュイ」

空からシロフクロウに見張らせ、私とカーバンクルでテッドの動向を探る。完璧な作戦だ。

そう、完璧な。

「ぐぎぎ、ぐぎぎ、どうじでごうなる」

通勤ラッシュでぎゅうぎゅうの満員電車にすし詰めになりながら、私は呻《うめ》いた。

メアリの父テッドは都心に通勤する会社員だ。人当たりも良く、勤務態度も真面目。家族想《かぞくおも》いの優しい人、というのが周囲からの評価らしい。

毎日毎日、こんなギュウギュウ詰めの電車で通っているのか。

「こんなの耐えられないよ……」

「ギュウ……」

胸元に抱きかかえられたカーバンクルが小さく鳴き声を上げた。

一時間ほどしてようやく電車を降りることができた。フラフラだが休んでいるわけにはいかない。

人混みの中に紛れる見知った後頭部を追わなければ。

「シロフクロウ、空からあの男の人を追って」

「ホウ」

見失わないよう、シロフクロウからの情報を頼りに少しずつ接近する。

どの道この人混みだ、そうそう見つかることはないだろう。

視認したテッドからは、以前会った時のような嫌な感覚はしない。前は私が迂闊にも烙印に触ってしまったのが良くなかったのだろう。悪魔の気配を如実に感じ取れるよう感化されたんだと思う。

ドブネズミやゴキブリですら平気で鷲掴みできるこの私が一目散に逃げ出すほど、悪魔の気配は底が見えず恐ろしい。

何というか、恐怖という感情に根源から包み込まれるような、染められる感覚がした。

テッドが会社に入るのを見届けると、私はカーバンクルに向き直る。

「良い？　私はここまでしか入れないから、後はお前がやるんだよ」

「キュイ」

「良い子」

私はカーバンクルの頭を撫でると、魔法をかけた。

「主として命ずる　我が眷属《けんぞく》　この呼び声を聞き　応え　その姿を変えよ　あるべき形は　古に戻り　小さく　幼く　祖霊の姿を　再びこの世に　顕現せよ」

十二節の呪文を唱えると同時に、カーバンクルの姿が小さなネズミのような姿になる。先祖返りというやつだ。普通の動物だと難しいが、異界の住民であるカーバンクルは内在する魔力が普通の動物よりも濃いらしく、高度な魔法も成功率が高い。

「チュウ」

私はカーバンクルに視覚共有の魔法をかけると、「行っておいで」と建物に解き放った。

私の魔法は未熟だから、あまり距離が開きすぎると視覚共有ができない。だからカーバンクルがテッドを尾行する間、近くのカフェで待機して様子を見守ることにする。

「どれどれ」

カーバンクルの視覚越しに社内の様子が見て取れる。上手《うま》く物陰に潜んでいるらしく、バレている様子はない。

「ＩＴ系の会社なのかな？　オシャレなオフィスだ」

それぞれ個別にデスクが用意されているらしく、パソコン画面を前に何やら社員たちが話し合ったりしている。学生が憧れそうな内装で、良い会社なのだろうと何となく察せられた。

「テッドは……いた」

テッドを視認した時、すぐに様子がおかしいことに気がついた。他の人のデスクはみんな整頓されていてキレイなのに、テッドだけ机の上にたくさん書類が置かれているのだ。

「テッドさん、おはようございます」

「あぁ、おはよう」

「昨日頼んだ資料できてます？」

「いや、今日作る予定だよ」

「今日って……頼んだ資料今日の午後の会議で使うやつですよ？　間に合うんですか？」

「えっ!?　明日じゃないのかい？」

「違いますよ！　私何回も言ったじゃないですか！」

「ご、ごめん……。他の仕事に追われてて全然聞いてなかったみたいだ」

「もういいです！」

何やら揉めているな。テッドが引き受けた仕事の締め切り《しき》を勘違いしていたらしい。

その様子を見ていた女性社員がヒソヒソと小声で話している。

ちょうどカーバンクルが隠れている場所のすぐ近くだから内容が聞き取れた。

「またテッドさんやらかしてるじゃん」

「あの人真面目で良い人だけど、何か要領悪いわよね」

「あんなに仕事溜《た》まってるのあの人くらいだよ」

机に書類が積み重ねられている時は、周りから仕事を押し付けられでもしているのかと思ったが。どうやら違うらしい。

社内のテッドは愛想が良く、働き者だった。

愛想が良くて、働き者だけれど、どこか空回りしている感じ。

「ちょっと窓際な感じがするな」

みんな普通に接しているように見えて、一歩引いている。

心なしか同僚からの当たりも強い気がした。

テッドは事業で失敗したとフィーネは言っていた。とすると、以前は自営業で会社に勤め出したのは最近か。そして、会社では馴染みきれずに、仕事でも失敗が続いている。

見てて痛々しかったけれど、それでも賢明に仕事をし、話しかけられた時は嫌な顔もせず笑みを浮かべる強さは、とても娘や妻を悪魔に捧げる人には見えなかった。油断すると彼が悪魔契約者だと忘れそうになるくらいだ。

朝早くから満員電車に乗って、会社では少し浮いていて、確かに彼の生活は大変だと思う。

でも家に帰ったら、優しい奥さんと可愛い愛娘《まなむすめ》が待っている。

家族仲も良さそうで、ジルさんもメアリもテッドを心から信頼しているように見えたけど。

「それじゃあダメなのかな……」

何時間か経った。店を転々としながら様子を見守っていたが、日が傾き始めた頃にカーバンクルやシロフクロウと落ち合うことにした。

「ご苦労様、カーバンクル。シロフクロウも、偵察ありがとね」

「キュイ」

「ホゥ」

とうとうテッドに怪しいポイントは見つけられなかった。

会社でのテッドに不審な点はない。それが私の出した結論だ。

そろそろ夕刻。あとは会社から帰宅するテッドを尾行して、どこかに立ち寄る素振りがなければ、祭壇は彼の家にあるということになる。

すると不意に「おや」と背後から声がした。聞き覚えのある声に、ギクリと体が緊張する。

立っていたのは、テッドだった。

「君は確か、ファウスト様のところの……」

「いやぁふひははは。メグ・ラズベリーです」

ヤバい、見つかった。どうにかしてごまかさねば。

「どうして君がここに？」

「お師匠様のお使いでちょっと。メアリのパパさんこそ、お仕事ですか？」

「あぁ、職場が近くなんだ。僕はもう帰るんだけど、良かったら一緒にどうだい？」

「はい、ぜひ」

良かった。上手くごまかせた。

虎穴に入らずんば虎子を得ず。ここはこのまま一緒に帰るのが最善手だろう。

行きと違って帰りの電車はあまり混んでいなかった。またすし詰めになるかと構えたが、幸いにも帰宅ラッシュの時間からは少しズレているらしい。

「いっつもこの時間までお仕事なんですか？」

「あぁ。まだ入りたてで慣れていなくてね。今日は少し早いくらいかな」

「入りたて？」

「うん。以前までは自分でWEBサイト運営の会社を興していたんだけどね。上手く軌道に乗らなくて。それでサラリーマンになったんだよ。ただ今の職場も入ってみてわかったけれど、色々広い分野のスキルが必要で僕にはあまり合ってなかったんだ……。それでもようやく見つけた就職先だし、妻と子供を食べさせていくためにも頑張らないとね」

「一家の大黒柱も大変ですなぁ」

テッドの表情からは、どこか疲れのようなものが感じられる。一日の終わりで、くたびれ果てているのが見て取れた。

「会社の付き合いで飲みとかはないんですか？」

「なくはないけど、いつもまっすぐ帰ることにしているんだ。ジル——妻が僕のためにご飯を作ってくれているし、メアリも三人でご飯を食べるのを楽しみにしてくれているからね」

「家族想いですね」

やはり話を聞いていても、テッドは悪魔に生贄を捧げる人にはとても見えない。

仕事ではパッとしないけれど、家族を愛して頑張っているサラリーマンという印象だ。

実は今までのことはただの勘違いだったんじゃないだろうか。それほどまでに、私の確証は揺らいでいた。

だからだろう。彼と話すうちに、私の警戒心はすっかり薄れてしまっていた。

「いやぁ、私も今日初めて通勤ラッシュの電車に乗りましたけど、マジで地獄すね」

「無理もない。慣れていても辛《つら》いよ。僕も毎日、会社に行くだけでクタクタさ」

「大変ですね、家庭のパパは」

「まぁ、もう少しの辛抱だから」

「もう少し？　どうしてですか？」

私が首を傾げると、テッドは静かに笑みを浮かべた。

「会社を辞めようと思っているんだよ。実はさっき言っていたWEB会社、まだ畳んでいなくてね。大型案件がもうすぐ入ってくるんだ。そうなったら、当面食べていく目処《めど》が立ちそうでね」

「へぇ、それはめでたい。今度は上手くいくと良いですね」

その時、先程はまるで感じられなかった不気味な気配が、彼の表情に浮かぶのがわかった。

「あぁ。今度はきっと上手くいくよ。何せ、智恵が手に入るんだから」

テッドの目は、全く笑っていない。その不気味な笑顔は悪魔そのものだった
「絶対に失敗しない、最高の智恵がね」

そこで私は初めて気がついた。人は誰もが、危うい橋の上を歩きながら毎日を過ごしてるのだと。

日常の中で抱えた苦しみや痛みは少しずつ澱《おり》のように心に降り積もり、人の心はある日突然壊れる。

そんな当たり前のことに、今更私は気付いてしまった。


そして、十三の日が来た。

もし、テッドが悪魔に生贄を捧げるとしたら間違いなく今日しかない。

「いい？　私は今から出てくるけど、お前たちはお留守番だから」

私が言うも、何だかシロフクロウとカーバンクルは納得できない様子だった。

私より頭が良いという（お師匠様談）シロフクロウはともかくとして、普段従順なカーバンクルまで私に逆らうとは珍しい。

二匹とも何だか訝しげな表情を浮かべているように見える。

「そんな顔してもダメだよ！　お前たちはここにいて、私の帰りを待つ！　それで、私に何かあったら……」

私の言葉に二匹の使い魔が顔を見合わせる。つい弱音がこぼれ出てしまった。私は首を振る。

昔からポジティブモンスターと呼ばれた私である。弱音などというネガティブな感情は要らんのだ。らしくない。

「何でもない。とにかく、お前たちはここで待機！」

「ホウホウ！」

「キュウキュウ！」

「だぁぁ！　たまには主人を信用なさいよ、もう！」

使い魔二匹を置いて無理やり家を出た。

もし万一、使い魔が悪魔に連れていかれでもしたら。

そう考えると、とても連れていく気にはなれなかった。ここから行く先はどんなことが待ち受けているかわからないのだ。だから、これは私が一人で成し遂げなければいけない。

ソフィ直伝の魔法陣構築術もあるし、魔法のコントロールも上手くなった。この数ヶ月で、私の魔法はずっと成長してる。だから。

「大丈夫……今の私なら、きっと大丈夫」

奮い立たせるようにひとり呟いた。

その日は朝から曇っていた。雨でも降りそうな、あるいは雪でも降りそうな、すぐにでも荒れかねない薄暗い天気だ。私がインターホンを鳴らして間もなく「どちら様ですかぁ？」と顔を出したのはメアリだった。

「あれ？　メグちゃんだ！　どうしたの？」

ドアを開けたメアリは、私の顔を見て驚いたように目を丸くする。

「いやさ、フィーネからメアリがこの辺りに住んでるって聞いて。近くまで来たから、ちょっと挨拶でもって。これ手土産」

私がローズマリーのクッキーを差し出すと「うわぁ！」とメアリが目を輝かせる。

「ありがとうメグちゃん！　入っていって！」

「そのつもり。実は茶葉も持ってきたんだ」

「やったぁ！　ママ、パパ！　メグちゃんが遊びに来てくれたよ！」

「お邪魔します」

何の疑いもなく、メアリは私を迎え入れてくれる。手を引かれてリビングに入ると、メアリの母のジルさんと、父親のテッドが私を出迎えてくれた。

「おや、メグさんじゃないか。この間はどうも」

「あははは、すいません、せっかくの休日なのに朝から押しかけちゃって」

ジルさんもテッドも、急に来た私を疑うこともなく出迎えてくれる。こうして見ると、本当に幸せそうな家庭に見えた。烙印が見えていなければ、この家族に何の違和感も抱かなかっただろう。

だけど今日は油断しちゃダメだ。

適当にお土産の紹介をしながらも、魔力の気配をたどることを忘れてはいけない。

今のところ、以前のような不気味な気配は感じられなかった。どうやらまだ儀式の準備は進めていないらしい。いつ決行する予定なのかは知らないが、それまでに祭壇を見つけないと。きっとこの家にあるはずだ。

「これ良かったらみんなで飲みません？」

私が持ってきた茶葉を差し出すと、ジルさんの表情が輝いた。

「あら、美味しそうな茶葉とクッキー」

「私の特製です。庭で取れた葉を乾燥発酵させて作ったんです。香りも良くて美味しいですよ。

クッキーにはローズマリーが練り込んであります」

「へぇ、すごい」

「ねぇママ。私、クッキー食べたい！」

「じゃあせっかくだしお言葉に甘えてみんなでいただきましょう」

「あ、手伝いまっす」

手際良くお茶の準備を整え、カップに注ぎ、クッキーを皿に並べてテーブルを囲む。

運ばれてきた紅茶を見て、テッドは穏やかな表情を浮かべた。

「いい香りだね。美味そうだ」

「どうぞご賞味あれ」

「いただきます！」

私が言うと、三人は何の疑いもなく紅茶に口をつけた。

それを見て、私も紅茶を飲む。

上手くいった。


――五分後。


リビングからは、静かな三つの寝息がしている。

紅茶を飲んでいた私は、三人が起きないことを確認すると静かに立ち上がった。

私が三人に飲ませたお茶は、魔法をかけた特殊な茶葉を使用している。使ったのは眠りの魔法だ。人体に害はないが、魔力耐性がないと一、二時間は起きてこないだろう。

本来ならそんなことしたくない。でもそうしないと、この家で祭壇を見つけるのは難しいことに思えた。後で然《しか》るべき罰は受けても良い。今は人の命が懸かっているんだ。私だって、もう手段は選んでいられない。

一つ一つ、部屋を見て回る。三人暮らしにしては立派な一軒家。二階建ての家の中は妙に広く感じられた。子供部屋、夫婦の寝室、物置、色々あるが……特に怪しい場所は見当たらない。鍵のかかった部屋とか、怪しい祭壇が祀《まつ》られた部屋を期待したが、それらしいものもなかった。

一通り巡って、最後の一番奥の部屋に足を踏み入れた。静かにドアを開くと独特の匂いがする。その匂いには覚えがあった。古い本が持つ独特の香りだ。

「書斎か……」

中に入ると、本棚にテッドが集めたであろう大量の本が並んでいた。何百……ひょっとしたら何千冊はあるかもしれない。キレイに整頓された本棚が部屋中を図書館のように埋め尽くしており、どこか懐かしさを覚える。お師匠様の部屋と雰囲気が似ているのだ。

シンとした部屋は妙に空気が張り詰めていて、何だか緊張感があった。まるで本が音を吸っているかのような静寂。

本棚は手前と奥側の二重構造になっているらしい。スライド式で手前の本棚を動かせるようになっていた。かなり手が込んでいる。

広い部屋だったが、それでも家庭にある書斎なんてたかが知れていて、一分程度で全体を見て回ることができた。結局、目的の祭壇らしきものは見当たらなかった。

「怪しいと思ったんだけどなぁ」

私はそっとため息を吐くと、部屋の奥側にあった椅子に座る。机の上には小さなライトがあり、いつもここで本を読んでいるであろうということが伝わってくる。

何気なくボーッと部屋を見渡していると、不意にあるものが目に入った。

五芒星だ。本の背表紙に五芒星が書かれた本が一冊並んでいる。

いや、正確に言うとそれは五芒星ではない。

逆向きの……逆五芒星だった。


――ペンダントみたいなのつけているの、この間見たなぁ。

――ペンダント？

――うん。なんかシルバーでできた五芒星みたいなの。良い歳した大人がつけるアクセサリーじゃないよね。


私はフィーネの言葉を思い出す。五芒星は今でも魔法で使われるから割と記載している書籍も多そうだけど、逆五芒星は何だったっけ。少し考えて、ハッと思い出す。

「逆五芒星は……悪魔の象徴だ」

私は立ち上がると、そっと本を手に取った。すると、妙な手応えと共に、どこからともなくカチリとスイッチを入れたかのような音が鳴る。

「何の音？」

不思議に思っていると、さっきまでビクともしなかった本棚が突如としてスライドできるようになっていることに気がついた。

「ここもスライド式だったんだ……」

荷重式のスイッチが配置されていたのだろう。私の動かした本が留め具を外す役割を担っていたらしい。本を動かすと留め具と連動しているスイッチが外れるというわけだ。

ゆっくりと本棚をスライドさせると、奥にあったのは本棚ではなかった。

あったのは、地下に続く階段だった。

薄暗くて、部屋の電気をつけないと先が見えない、不気味な階段。

今日は天気が悪くて外の明かりが入り込まないから真っ暗闇に見える。

私が階段を前に息を呑んでいると、辺りの風が地下に向けて流れるのがわかった。

重苦しい気配と、まとわりつくような闇の気配に思わず足がすくむ。

本能が警笛を鳴らすこの感覚が確かなものだとしたら。

「きっとこの先に祭壇があるはず」

私が静かに呟いたその時、不意に背後からガタリと音がした。

何事かと振り返るその前に、突如として後頭部に鈍い衝撃が走る。

意識が途絶える直前、私が見たのは不気味な笑みを浮かべたテッドだった。

◯

脳の奥に響くような痛みで目が覚めた。どこか視界がぼやけ、目の前の光景がよく見えない。

一体何があった……？

「起きたかい？」

声がして、ぼやけた意識がハッと覚醒した。

薄暗い部屋の中、四方についた蠟燭《ろうそく》の灯火だけが光源となっている。

男が立っていた。暗くてその表情はわからないが、彼がテッドであることはすぐにわかった。首に逆五芒星のペンダントが光っていたからだ。

そうだ。私はテッドに殴られて気絶したんだ。殴られた衝撃で吹き飛んでいた記憶がようやく戻ってくる。この狭苦しい部屋は先程の地下室か。

「うう……」

すぐ近くで女性の声がした。メアリとジルさんだ。

部屋の中心で、私たちは固まって横にされている。

「困るよメグさん。勝手に僕の部屋を漁《あさ》られたら」

「どうして、確かにお茶を飲んだのに……」

「あぁ、美味しいお茶をありがとう。もう少し効力が強かったら危なかったねぇ」

私の睡眠茶は魔力耐性がない人間にしか効かない。悪魔契約者であるテッドは、悪魔の庇護《ひご》を受けていたんだ。それでお茶の効力がすぐに分解されてしまった。

私の魔法が弱かったせいだ。自分の未熟さが、こんな時に仇《あだ》になるなんて。

立ち上がりたかったが、上手く動けなかった。手足が縛られている。そりゃそうだ、こんな時に獲物を逃すような真似《まね》はしないだろう。そんな当たり前のことに気付かないほど、私は動揺していた。

テッドは私のすぐ近くに寝転がるジルとメアリを撫でた。蠟燭の灯《あか》りで彼の顔がぼんやりと照らされる。その表情からは、慈しむような、愛《いとお》しむような感情が感じられた。

「本当はもっと手荒な真似を考えていたんだけれど、君のおかげで手間が省けて良かった」

「私たちをどうするつもり……？」

「どうって、君が一番よくわかっているんじゃないか？　ここ最近、僕たちに近づいていたのはそれが理由だろ？」

テッドはそう言うと、部屋の奥にある棚に置かれている蠟燭に火をつけた。

ボウッと火がつき、それがずっと探していた祭壇であると気付く。

同時に、私たちを中心に部屋中に描かれた陣が浮かび上がった。

この陣は、お師匠様の本に描かれていた。悪魔召喚の際に用いる魔法陣だ。

「いつから気付いてたの」

「最初から。僕を見る目がおかしかったからね。驚いたよ。悪魔の契約印が見える人がいるなんて。見える人もいるとは聞いたことがあったけどね」

「じゃあ、最初から私も供物に捧げる気だった……？」

「あぁ。魔女は悪魔の大好物だ。たとえ君がまだ未熟だったとしても」

「それなら生贄は私だけで良いじゃん！　何で愛した家族にまで手を出すのさ！」

するとテッドは「愛した家族だからこそ、捧げなければならないんだ」とかすれた声で言った。

「悪魔は崇拝者の本気を探る。だから、最も大切な物を捧げなければならない」

「どうしてこんなことを……何があなたをそうさせるの」

「もう限界なんだよ」

テッドは、虚《うつ》ろな笑みと瞳で私を見た。

「満員の通勤電車、社内の冷ややかな目線、無能な上司の叱責、後輩からの遠慮。全部全部全部……家族からの支えさえもが、僕を内側から破壊しようとしてくるんだ」

目の焦点が合っておらず、逝っている。すでに彼が悪魔に魅入られており、正気ではないことがわかった。

「僕は見返さなきゃならない。僕を見下したあいつらを、僕をコケにしたすべての人間を。君も僕の輝かしい人生の礎になってくれ」

「そんな下らないことのために……？」

「下らない……？　お前に何がわかる！　僕がどれだけの屈辱を味わったか！　どれだけの涙を流

したか！　小娘のお前に、一体何が⁉」

「それでも家族がいるじゃん！」

「家族なんて何の支えにもなりはしない。ただ、逃げ道をなくして追い込むだけだ！」

テッドはそう言うと、ポケットから鈍く光る何かを取り出す。果物ナイフだった。

私は小さく息を呑む。

「もう終わりにするんだ、こんな下らない毎日は。悪魔の力があれば、それができる」

「やめ――！」

私が止める間もなく、テッドは躊躇《ちゅうちょ》も見せずに自らの手にそれを突き刺した。

鈍い男の呻き声と共に、テッドの血が祭壇に滴る。

「悪魔サタンよ、その全知の力を我に渡したまえ。我が最愛の妻と娘に加え、貴方様《あなたさま》の贄となる魔の者をここに」

すると、フッと部屋の蠟燭に灯《とも》るすべての炎が消えた。

同時に、私の体が酷く痙攣《けいれん》しはじめる。違う。痙攣じゃない。

体が、恐怖で震えてるんだ。

おぞましいほどの恐怖、怨嗟《えんさ》、怒り、絶望が、狭い室内に満ち溢れていた。圧倒的な魔力の質量に押し潰されそうになり、声すら出ない。

そして、それは姿を現した。

呼吸が聞こえる。響くような不気味な呼吸が、私の耳元で囁《ささや》くように。

人間のものではなかった。

悪魔サタンだ。

二本の角が生えた羊の頭部。蛇のように長い舌。蝙蝠《こうもり》の羽。肩から伸びた手とは別に、胸部からも更に六本の腕が生えており、それぞれが苦痛に歪《ゆが》む人間の首を摑んでいるのがわかった。

それはきっと、かつて生贄に捧げられた者の末路だ。

深淵《しんえん》から出てきた異形の姿を一瞬だけ見て、私は咄嗟《とっさ》に顔を背けた。見続けたら目が潰れ、精神がまともでいられなくなることを直感的に悟ったからだ。

私は驕《おご》っていた。心のどこかで今の自分なら悪魔とも対峙できると、そう思っていた。

でも違った。そもそも、見立てが間違っていた。勝つ勝てないというレベルのお話ではない。

別次元だと思った。

台風に打ち勝てないように、津波から逃げるしかないように。

私たちは、ただそれが現れた時、身を潜め、息を殺し、祈ることしかできない。

悪魔サタンという『災害』が、私の目の前にいる。

サタンは私の首元に手を伸ばすと、ゆっくりと私の頬を舐めた。悪魔の接吻《せっぷん》だ。

不気味な感触と怖気が全身に走り、恐怖で意識が飛びそうになる。

それでも気絶しなかったのは、私が気丈だからじゃない。

接吻と同時に頰に刻まれた生贄の烙印の痛みが、意識の消失を許さなかったのだ。

頰に烙印が刻まれると、私の足元が沼にハマったようにズブズブと地面に沈み始めた。

私を足元から飲み込む闇は、どんどん私の全身を包み、侵食する。体が沈み、やがて私の顔まで飲み込んだ。連れていかれると本能的に悟った。

ああ……私死ぬんだ。まだ、たくさんやりたいことがあったのに。

祈さん、ソフィ、フィーネ、カーバンクル、シロフクロウ、ラピスの街の皆。

話したい人がたくさんいる。いろんな人の顔が私の視界に浮かぶ。

お師匠様……。

不意に、誰かが私の手を掴んだ。熱く、まるで生命そのもののように滾《たぎ》った手で。

強く強く私を掴んだ手は、闇の中から私を引っぱりあげる。

私を引っぱりあげたのは、お師匠様だった。

「おし……しょう……さま……」

呼びかけるも、かすれて声が出ない。悪魔の魔力がまだ室内に満ちていた。

するとお師匠様は私を全身で抱きかかえながら、まっすぐ目の前の存在を見つめた。

「サタン、お前のいる場所はここじゃないだろう」

お師匠様はゆっくりとサタンに語りかける。

私がまともに視認することができず、声を出すことすらも叶《かな》わなかったサタンに、たった一人で向き合っている。それがどれだけ偉大なことなのかを、言葉に表せられない。

「私の愛娘に手を出すんじゃないよ」

お師匠様はそう言うと、そっと目の前に手を伸ばし、何かを掴む動作をした。

すると突然テッドの全身が火に包まれた。

「うわぁぁぁ！」

悲鳴と同時に、祭壇と、そしてサタンも炎に包まれる。ただの炎でないことは、魔力の強さでわかった。地獄の底から湧き上がる業火だ。

「熱い！　熱イィィ！　誰カ助けテェ！」

テッドの叫び声に重なるように、人間のものではない奇怪な叫び声が上がる。サタンの声が混ざり込んでいるんだ。契約を破棄され、サタンと契約者であるテッドの両方にペナルティが科されている。

しかし、ペナルティを科されたのはその二人だけではなかった。

お師匠様がかざしていた親指にも火がついたのだ。指が先端から燃え尽くされ、炭になっていく。

私はただその光景を、黙って見守ることしかできなかった。

全身に力も入らない。お師匠様は痛みに不敵な笑みを浮かべながら耐え、言った。

「地獄に帰りな」

その言葉とほぼ同時に、部屋中を包んでいた地獄の業火がフッと鎮火した。

一瞬部屋が暗くなったあと、何事もなかったかのように床の四隅に置かれていた蠟燭に静かに炎が灯った。痛いくらいの静寂が室内に満ちる。

それはあまりにも唐突で、あまりにも一瞬の出来事だった。私自身、何が起こったのかを正確に把握できている自信がない。

部屋の中には、テッドの姿も、祭壇も、サタンの姿もなかった。床に描かれた魔法陣も消えており、すべてが嘘だったかのようにキレイさっぱり消えている。

部屋に残っているのは、気絶したメアリとジルさん、私、そして――

「お師匠様！」

ようやく声が出て体を起こせた。しかし相当魔力を吸われたのか、体がよろめいて言うことを聞いてくれない。そんな私を「無理すんじゃないよ」と言って、再びお師匠様が支えた。

その額には脂汗が浮かんでおり、表情も強張《こわば》っている。

「でもお師匠様、指が……！　手当てしないと！」

「何てことないさ、これくらいね」

お師匠様は脂汗を流しながら、ゆっくりと私の頬を撫でた。

「メグ、良いかい。これが悪魔に触れた代償だ。悪魔に触れるってことは、代償が求められる。傷つかずに済む方法なんてどこにもない。だから悪魔契約は禁忌であり、それに関わることは危険なんだ。魔女は決して万能じゃない。だから両手を広げた範囲に収まる人だけを守るんだ」

「はい……」

「まぁ、それでも」

お師匠様はどこか優しげな瞳で、ジルさんとメアリを見つめる。

「ちゃんと守れたじゃないか。枠の外にいる人たちを」

「はい……！」

私は、また自分の愚かさと、永年の魔女ファウストの偉大さを知った。

薄暗い室内で安らかに眠るメアリの首に、悪魔の烙印はもう残っていなかった。

○

私たちの世界に日常が戻ってきた。

あの後、目が覚めたメアリとジルさんに私はすべての事情を話した。

突然訪れた家庭の崩壊。そのショックを、二人は隠しきれていなかった。

私がお茶を飲ませるまで、彼女たちにとってテッドは『最高の旦那様』であり『最高のお父さん』だったのだ。

それが、たった数時間のうちにすべて失われた。

信じられないのだろう。いや……、信じたくないのかもしれない。

私がやったことは正しかったのだろうか。彼女たちの表情を見て、思わず迷いが浮かぶ。

でも、もし私が何もしなければ、テッドはどんな手を使ってでもジルさんとメアリを地下室に運び込んだだろう。愛する人に裏切られ、最悪の恐怖を抱えたまま、彼女たちは人知れず死んでいたはずだ。

だから、きっと、これで良かった。そう信じることにする。

ジルさんとメアリは今の家を引き払い、実家に戻ることにしたのだという。アクアマリンという大きな島らしい。

引っ越す前に、最後に二人は私とお師匠様に会いに来てくれた。

「アクアマリンには私の知り合いの魔法使いがいてね。それなりに発展してるから、不自由はしないはずさ。海が見える街でね。良い場所だよ」

玄関先でお師匠様が私に説明してくれる。すると、ジルさんが深々と頭を下げた。

「ファウスト様、メグさん、本当に何から何までありがとうございます」

そう言うジルさんの表情には、どこか陰りがある。

「あの……大丈夫ですか？」

私が声をかけると、彼女は弱々しく笑みを浮かべた。

「正直言って、まだ受け止めきれていない部分もあります。あの人が、私たちを生贄に捧げようとしていたなんて。でも、きっとメグさんがいなければ、私も、この子も、無事ではいられなかったんですよね」

「それは……」

そうだけれども、肯定するのはいささかはばかられた。

「どのみち、ダメだったんだと思います。あの人は、きっと、一人で崖っ縁を歩いていた。ずっと無理させてしまっていたんです。それに気付けなかった、自分の不甲斐《ふがい》なさを呪います」

「ジルさんは悪くない」

私が言っても、彼女は「いいの」と受け止めた。

「もしかしたら、誰も悪くないのかもしれません。ただ、かけ違ったボタンに気付くことができなかった。それを運命っていうんだと思います」

「これから母一人、子一人で苦労することもあるだろうね」

お師匠様が、慈しむような視線を向けた。ジルさんはそっと頷く。

「でも、メアリを失うよりはずっとマシです」

「そうだね……。親子でちゃんと支え合えば大丈夫さね。困ったことがあれば私を頼ってくれても良い。できる限り力にはなろうじゃないか」

「ファウスト様、ありがとうございます……。ほらメアリ、あなたもご挨拶なさい」

しかしメアリは、母の陰に隠れるように拗ねた表情でこちらを見ていた。

「メアリ、ファウスト様とメグさんにご挨拶を」

「やだ！」

「わがまま言っちゃダメよ」

「やだやだ！　みんなとお別れなんてやだ！　どうしてパパはいないの？　どうして離れないとダメなの？　ねぇどうして？　私、もっとみんなと遊びたかった！　メグちゃんともっともっと遊びたかった！」

メアリはそう言うと、私に抱きついてきた。

温かな涙の温度を、服越しに感じる。生命の熱が溢れていた。

その時、私は心から思ったのだ。この子を救って良かったと。

「ごめんね、メアリ。パパがいなくなったのは私のせいなんだ。私がもっともっとすごい魔女だったら、きっとパパを助けられた」

悪魔を前に、私はあまりにも無力だった。

自分一人でできると決めつけて、いろんな人に迷惑をかけて、お師匠様は指まで失った。

だから私は、何ができて何ができないのかをよく知って、もう二度と誤った判断で人を傷つけないようにして。

大切な人たちを、守りたいと思う。

「ねぇメアリ、一つだけ約束していい？」

私の言葉に、メアリはコクリと頷く。

「私、もっともっとすごい魔女になるからさ。メアリのパパみたいな人を助けられるくらいに、強く、立派で、偉大な魔女になってみせるから。だから……その姿をあなたに見ててほしい」

メアリは泣き腫らした顔で私を見上げた。

「何年かかるかわからない。でもその時まで、私は絶対にいなくならないって約束する。だからメアリも懸命に生きてほしい。お母さんを助けて、新しい場所でもたくさん友達を作って」

メアリの父親は、闇に飲まれ、道を踏み外してしまった。

人は成長すると、辛い時に辛いと言えなくなる。弱い部分を見せることを恐れてしまう。

だけどたくさんのものを抱え込みすぎると、人は突然壊れてしまう。

メアリには、そうなってほしくない。生きることに、絶望してほしくない。

「メグちゃん、また会いに来てくれる？」

メアリの言葉に私は笑顔で頷いた。

「絶対行く。約束する」

「本当に？」

「本当だよ。私、嘘ついたことないでしょ」

「でも、いっつも自分のことキレイなお姉さんだって」

「それのどこが嘘じゃっ！」

ブチ切れた私の様子にメアリは涙を流しながら笑みを浮かべた。

瞳から流れた涙は、地面ではなくビンの中に落ちた。

喜びではない……悲しみの奥に光を宿して。


二人の姿が見えなくなるまで、私とお師匠様は見送り続けた。使い魔たちも、私たちと一緒に二人を見送っている。

「メグ、後悔なんてするんじゃないよ」

不意にお師匠様は言う。

「お前のことだ。私の指や、結果としてあの父親を殺してしまったこと、メアリ親子の将来のこと、色々考えてるだろう」

「はい……」

「驕るんじゃないよ。人にも、魔女にも、できることには限界がある。あんたはその中でもがいたんだ」

永年の魔女ファウストの視線は、優しくも厳しい。

「これからお前が自分の正義を貫くことで、今回みたいに多くの人が巻き込まれ、恨まれることもあるかもしれないね。それでも、お前は選ばなきゃならない。自分の信念に従って正義を貫くのかを」

「はい」

「時に、大切なものを見捨てる決断を求められることもあるだろう。でももし見捨てる選択をしたとしても後悔すんじゃないよ。メグ、あんたの選択が正しいと言えるのは、他でもないあんただけなんだ」

私は顔を上げ、お師匠様を見つめる。炭となり焼き切れた左の親指は、今も痛々しい。

「自分で決めたことを最後まで貫き通しな。世界に名だたる魔導師たちは、みんなそうしてきたんだ」

お師匠様は選んできたのだ。

きっとベストな選択ばかりじゃなかったかもしれない。

助けない選択だってしてきたはずだ。

でも、後悔していない。

「私はいつか、後悔のない世界一の魔女になってみせます」

するとお師匠様は不敵に笑った。

「なら、まずはお前の使い魔を愛《め》でてやりな。ずいぶん心配していたからね」

「仕方ない。今日は二匹ともキャンディーみたくペロペロ舐め回してやろう。嫌がることはない、ふふふ」

「ホウホウ……」

「キュウ……」

使い魔を全力で舐め回していると、不意に思い出したことがあった。

「そういえばお師匠様。確かサタンが現れた時、私のこと『愛娘』って言いませんでした？」

お師匠様はしばらくキョトンとした表情で私を見つめた後――

しらばっくれるように肩をすくめた。

「さて、何のことだろうね。悪魔に出会った恐怖で脳がおかしくなったんじゃないかい」

「うぇぇ？　ちょっとお師匠様ぁ！」

そうして、私たちの日常は戻ってきた。

私は強くなろうと思う。

立派な魔女になって、もっとたくさんの人を助けられるようになるんだ。

もう二度と、自分の無力さで後悔しないために。

第10話
古き大樹は
眠る

その依頼が届いたのは、冬の終わりの穏やかな日のことだった。

あの悪魔の一件からしばらく経った。

その後も地道に嬉し涙集めの活動を続けた私だったが、目に見えた成果は手に入らず。二月の後半を過ぎても、未《いま》だ六十粒程度の涙しか集まっていなかった。

早朝、お師匠様のいないリビングにて、私は涙を集めたビンをテーブルに置き一人考える。

「どう考えても進捗が悪い！　悪すぎる！」

不思議そうにテーブルの上で私を見つめる使い魔に向かって私は叫んだ。

「私が余命宣告を受けてもう五ヶ月近くになるのに！　なぜ！　どうして!?　ホワイ!?　たった六十粒しか涙が集まっていないのか!?　そりゃ多少はね!?　喰うちゃ寝してましたけどもや！　言うほどサボってないよね私!?」

私が同意を求めると諦めたように二匹の使い魔たちが頷いた。

思えば年明けから今まで、星の核を作るにあたっての調査やら資料集めやら細かい手伝いやら何やらかんやらで、とにかくてんてこ舞いだった。家事掃除、お師匠様の仕事の代行、自分の修行、エトセトラ。涙を集めに街に行くことすらままならない状況だったのだ。

ある意味では、なるべくしてなった結果かもしれないが。

「だぁー！　どうしたらええんじゃー！」

私が椅子の上でガリガリ頭を掻《か》いていると、コンコンとリビングのドアがノックされた。

「大丈夫かいメグちゃん？　すごい叫び声が出てたけど」

「カーターさん」

やってきたのは、ラピス市長のカーターさんだった。

「玄関から呼んだんだけど誰も来なかったから、勝手に入らせてもらったんだが……」

「大丈夫ですよ。ちょっと発作が出ただけなんで」

「大丈夫には全然見えないんだけど……」

「で、何の用だったんですか？」

カーターさんは少しだけ逡巡するように黙った後、口を開いた。

「ファウスト様にお願いがあるんだ」


「樹《き》を伐採してほしい？」

私の言葉に市長は深刻な顔で頷いた。

「街一番の大樹の伐採をね、ファウスト様にお願いしたいんだよ」

「そりゃまたえらい急な話ですなぁ」

私が出したお茶を、カーターさんは「あぁ、どうも」と静かにすする。

仕草は丁寧だが、その様子はすっかりくたびれきったおっさんだ。

こんなクタクタヘナヘナのパスタみたいな大人には絶対にならないようにしよう。近づく自分の余命を無視して、そのようなことを心に誓う。

「何で樹の伐採をお師匠様に？」

「それがね、切ってほしいのがただの樹じゃないんだ。街の自然公園にある、御神木なんだよ」

「御神木って……」

覚えがあった。ラピスの街の老人、フレアばあさんが大切にしていたからだ。

フレアばあさんは昨年亡くなった。彼女が死ぬ前、一緒に散歩して自然公園にある御神木を見に行ったことは記憶に新しい。

あの御神木の命がそう長くないことは私も知ってはいた。御神木の魔力汚染が進んでいたからだ。内包される魔力のバランスが崩れ、生命力に影響し、枯れるのは時間の問題だった。

でも、まさか伐採なんていう物騒な話になるだなんて、どうやら私が思っている以上に良くないことが起こっているらしい。私の思考を肯定するように、市長は深く深くため息を吐く。

「御神木が奇妙な形に変化しててね。専門家の話だと、魔力に汚染されて周囲の植物に悪影響を与える状態になってるらしいんだ。そこで伐採の話が出たんだけど、存続派と反対派でずいぶん揉めてね」

どうやら話をまとめるのに相当苦労したらしい。彼の疲れた顔はそのためか。

「確かに魔力汚染された植物は過度に養分取ってしまったりしますね。私もそういう植物は間引きしてます」

ただ、それはあくまで小さな植物の話だ。

あの規模の大樹となると、どんな影響が出るかは予測がつかない。

七賢人の祈さんは、以前「種《しゅ》を喰う」と言っていた。大きな植物が魔力を集めすぎると、生態系にとんでもない悪影響が出るのだと。理屈はわかってる。でも……。

「本当にもう伐採するしかないんですか？　専門家っていっても聞いたのはせいぜい数人でしょ？　もっとたくさんの専門家の意見を聞いてみるとか」

「さんざんやったんだよ」

「魔導師はどうです？　植物に詳しい魔導師の見解なら、全然違った回答が出るかも。っていうか、お師匠様には聞いてないんですか？」

「もちろん聞いたさ。でもやはり、あまり良い回答はもらえなくてね。それにファウスト様もお忙しいから、踏み込んだ依頼もできなかったんだよ。そもそも、役所からの仕事をメグちゃんが代行しているような状態だろう？」

「確かに……」

言われてみればそうだった。お師匠様が元々受けていたラピスの街関連の仕事は事情を説明して私が代行しているんだ。

「専門家の方から魔導師を紹介してもらったりもしたんだけれど、やはり伐採以外の解決策が見つからなくてね」

「私が見るのはどうです？　一応こう見えても十年以上植物を育ててますし、この館を囲む森だって私がほとんど作ったんですから。何か解決策が提案できるかも」

「どうだろう。それにしても、今日は何だか食い下がるねぇ、メグちゃん」

「だって街の御神木を切るだなんて……」

もう長くないとわかっていたものの、伐採となると話は違ってくる。

私はもっと、あの樹には穏やかな最期を迎えさせてやりたかったのだ。

でもカーターさんは無情にも首を振った。

「樹を救う話は何度も協議したんだ。それでもどうしても難しかった。色々な人が話して、ぶつかり合って、ようやく伐採することに決まったんだよ」

「そう、ですよね……」

これ以上私がギャーギャー言うのもカーターさんの負担になるだけか。

「ただね、いざ伐採するとなって問題が起こったんだ」

「問題？」

「業者を雇ってのこぎりを入れたんだが、これがうんともすんとも言わないんだよ。弾《はじ》かれるっていうのかい？　樹がまるで鋼みたいになっていて、伐採どころじゃないんだ」

魔力を過度に吸い取ったせいで樹が変質したのだろう。力をつけすぎてもはや普通には切れなくなっているのだ。

「だからお師匠様を訪ねたってわけですか」

「そういうこと」

つまり、カーターさんが今日うちを訪ねてきたのは、お師匠様が忙しいとわかっていても依頼せざるを得ないくらいの『最終段階』だったというわけか。

「で、ファウスト様は一体どこに……？　さっきからお姿がお見えにならないが」

「米国の方に行ってますが」

「えぇ!?　何でまた？」

「何でって、そりゃあ魔法のお仕事ですよ。ここ最近は星の核に関する仕事でてんてこ舞いですからね。片田舎でのんびりしてる暇なんてないんですよ」

「そんなぁ……。じゃあ、代わりにメグちゃんは伐採できないかい？」

「酷なこと言わんでくださいよ。状況が状況なのはわかりますけど、流石に私が切るのはちょっと気持ち的にも辛いですね。それにあんなどでかい樹の伐採なんかようしまへんわ」

「胸張って言うことかい？」

「そりゃあ私だって？　一応曲がりなりにも上級魔法の練習はしてますけどね。それでも、あの規模の大木――しかも魔力汚染されている樹を切るなんて無理ですよ」

「じゃあ追加で魔導師を雇うしかないか……。何人くらい集めれば良いんだろう」

市長はガックリと肩を落とす。そんな彼の肩を私はポンポンと叩《たた》いた。

「それがね、この家にいる魔女は一人じゃないんですよね」

「えっ？　いつの間に増殖したんだい？」

「あたしゃスライムかい！　違います。頼りになる助《すけ》っ人《と》がいるんです」

その時、奥から一人の女性が姿を現した。

「ふぁぁあ、よく寝たわ」

のんびりとあくびをするその人物を見て、市長は目を丸くする。

「どうしてあなたがここに……」

状況判断に優れ、植物学にも詳しく、私の魔女道の先駆者たる人物。

「あら、何よ」

七賢人の一人、英知の魔女こと祈さんだった。

○

「いや、しかし驚きましたな。まさか英知の魔女があそこにいらっしゃるとは」

祈さんと市長と三人で、私たちはラピスの街の自然公園へと向かう。

「出張で近くに来る用事があってね。ファウストばあさんがほとんど帰れてないって言うから、様子見がてら泊まってたのよ」

「あんたうちをホテルか何かと勘違いしてませんか」

私のツッコミに「良いでしょ、こうやって手伝ってあげるんだから」と祈さんは返す。

「でも、まさか起きて早々に厄介事に巻き込まれるとは思わなかったわね」

「すんまへんなぁ、お師匠様なしのメグ・ラズベリーはあまりに無力なんどすわ。そう、赤ん坊に腕相撲で吹き飛ばされるほどにね」

「偉そうに言うな」

「それに祈さんなら、もしかしたら樹を助けることもできるかもしれないでしょ？」

祈さんはそっと肩をすくめる。

「どうかしらね。そんな余地があると良いけど」

何だかんだ言って面倒見が良い人だな。

「でも市長、その樹って相当でかいんでしょ？」

「はい。樹齢三百年はある、街一番の大木です」

「そっか」

祈さんは一人で頷くと、「厄介なことにならなきゃいいけどね」と不穏なことを呟いた。そうやってすぐ意味深な言葉で人の不安を煽《あお》るのはやめてほしい。

自然公園へとたどり着く。しかし自然公園と名がついているにもかかわらず、園内の植物は妙に元気がなかった。以前来た時はもっと緑が生い茂っており、芝生もしっかり整っていたはずだ。なのに、今はほとんどそれが見られない。冬の終わり際とはいえ、こんなふうになるのは珍しい。

「芝生、ハゲあがっちゃってるわね」

「ええ、もうすっかりとハゲてしまいまして」

「本当だ。すっかりとハゲてる」

私が市長の頭髪を見ながら頷くと、市長はサッと手で頭部を隠した。無駄な抵抗はよせ。

やがて奥へとたどり着くと、市長は目の前を指差した。

「こちらが件《くだん》の御神木です」

「これが……樹？」

御神木の姿を見てすぐに異常に気がつく。

目の前にあるものは、もはや樹と呼べる代物ではなかった。

それは、異形だった。

枝が異常発達し、冬の終わりのこの時期にもかかわらず夏場のように葉が生い茂っている。伸びた枝はあまりの大きさに地面までしなだれていた。

最も異質なのは根だ。長くうねりながら伸びた根は、地面を掘り起こして辺りのコンクリートに蔦《つた》のように張り付いている。

その情景は、ゆっくりと獲物を飲み込む蛇のようにも感じられた。

見ていて酷く不気味に感じられる。

「何だこれ……」

ちょっと来ない間にとんでもないことになっている。絶句している私をよそに、祈さんは樹の根にそっと触れて「ずいぶん酷いわね」と言った。

「メグ、予想以上にマズいよこれは」

「そう……ですね」

「祈さん、何が起こっているのか、素人の私にも教えていただけませんか？」

「簡単に言うと、魔力を吸いすぎて変質してしまってるの。この変質っていうのが結構厄介でね。生態系に大きく影響する可能性がある。中東地方で大規模な砂漠が生まれた時とよく似てるわね」

「……ラピスの街も砂漠になってしまうと？」

冷や汗をかきながら市長が言うと、無情にも祈さんは頷いた。

「中東で砂漠を生んだのはね、たった一本の樹なの。ちょうどこんなふうに魔力を吸いすぎて異常発達した樹が出てね。大したことないと放置してるうちに根がどんどん伸びて、コンクリートも突き破って、建物を倒壊させ、存在していた植物を根こそぎ枯らすようになった。その頃には伐採もできなくなっててね。周囲百キロメートルの川は涸《か》れ、土壌は荒れ、土は痩せて。中東の大地を死の土地に変えた後、ようやく成長を止めたのよ」

「じゃあ、この樹も放っておいたらいずれは？」

「辺り一帯の植物をすべて枯らして、街を破壊するでしょうね。もちろんメグ、あんたの魔女の森も例外じゃないよ。最悪の場合、中央都市ロンドまで及ぶ可能性もある」

「そんなに……」

私が以前この樹を見た時、確かにもう長くないことは悟っていた。でも、まさかそんな災害みたいなことになるだなんて。

植物をずっと扱ってきたのに、私は魔力汚染のことを甘く見てしまっていたのだと気付く。

「メグ、やるよ。今この樹は駆除してやらないといけない。あんたの愛した、この街を守るためにね」

「助ける方法とかは……」

「あると思う？」

その問いに私は力なく首を振った。

「でもどうやるんですか？　のこぎりもまともに通らないくらいなのに」

「内側から燃やすのよ。魔法の炎で。今ならまだ火が効く」

「燃やす？　伐採じゃなくてですか？」

私の問いに、祈さんは静かに頷いた。

「いい？　この樹の中には魔力が流れてる。それも普通の樹と違って大量にね。私たちにとっては、ガソリンが流れてるのと同義よ。魔法を使って、中の魔力に一気に火をつける。そうすれば、この大木を駆除できる。でもこれ以上大きくなると術の構築ができなくなるわね」

「こんな巨木を燃やしたりして、街の人に影響が出たりしませんかね」

「バカね。もちろん結界は張るわよ」

樹を燃やす。あまりに残酷な話に思えた。長年ラピスの街と共に在った御神木を燃やすなんて、あんまりじゃないのか。わかってはいるのだけれど、そう思ってしまう。

「せめて伐採じゃ、ダメなんですか……？」

つい、尋ねてしまった。樹を殺すという選択に変わりはないのかもしれないけれど。生きたまま燃やすのはあまりに惨《むご》い気がする。

すると市長のカーターさんも「私からもお願いです」と頭を下げた。

「祈さん、この樹は長年街を守り続けてきてくれました。その最期が、生きたまま燃やされるのはあまりに可哀想な気がします。結末は変わらないかもしれませんが、せめてしっかりと見送ってやりたい。何とか、手立てはないのでしょうか」

しかし、祈さんの口から出たのは「ダメよ」という無情な言葉だった。

「この規模の樹になるとね、もう幹を切ったくらいじゃ止まらないの。根から全部殺さないと、被害を止めることはできない。そして確実にそれができるのは、魔力を炎に転化させて焼き尽くすことしかない」

「そんな……」

「メグ、あんたも七賢人の弟子なら覚悟を決めな。人間が長年土地を開拓し、薬品を垂れ流し、汚染と破壊を続けた。その結果がコレなんだ。そしてあんたの師匠は、その尻を拭うために今必死で頑張ってる。そうでしょ？」

「はい……おっしゃる通りで」

「市長も、わかってちょうだい。これはこの街を守るためなんだから」

「はい……おっしゃる通りで」

「市長、真似しないでくださいよ」

「いや、つい……」

どこか緩い空気が流れつつも、私たちの内心は沈んでいる。

祈さんの言うことはもっともだった。

これだけ魔力汚染の話題がテレビに流れ、お師匠様がそれに深く関わっていても、私はどこかその話が遠い世界のおとぎ話のように思えていたのだ。

他人事《ひとごと》で自分には関係ない。そう思っていたのかもしれない。

役所に戻ると言う市長を見送り、私たちは一度家に戻って駆除に使う道具を準備する。主に使うのは塗料と筆だ。

この巨大な樹を根こそぎ焼くには、いくつかの魔法式構築をしなければならない。

まずは樹の成長を阻む成長阻害魔法の構築。

これをしないと樹がどんどん成長してしまう。根が街まで到達しないようにこの樹を囲んで、成長を遅らせる。

次に炎が街に届かないように延焼防止用結界の構築。

大規模な炎が上がることが予測されるから、間違っても街の建物への延焼は避けねばならない。

また、公園全体にも結界を構築し、他の木々を保護しなければならない。

最後に炎を生み出すための転化術式の構築。

御神木全域の魔力を反応させるよう、魔法式を樹に直接、枝の細部まで記述する。

本来であれば魔導師数十人がかりの仕事になるが、そこはさすが七賢人。手伝うのが私一人だけでもどうにかなるという。

「やばいですねこの作業。一ヶ月はかかりそう」

「一ヶ月もかけてらんないわよ。三日でやんのよ。馬車馬のように働きなさい」

「シエエエ……」

私は木々の細部に筆を使って魔法式を書く。樹に登って作業するのだが、これがまた危ないことこの上ない。落ちた時のためにシロフクロウにもついてきてもらった。

カーバンクルは家でお留守番だ。

「ふぇーん、怖いよう、寒いよう、面倒くさいよう」

クスクス……。

不意に、どこからか人の笑い声がする。

「なんぞ？」

私が辺りを見渡すも、誰の姿もない。いるのはシロフクロウぐらいだ。

「シロフクロウ、私のこと笑ったでしょ？」

「ホゥ？」

私が問うも、シロフクロウはキョトンとした顔をした。嘘をついているようには見えない。

でもこやつは頭が良いからな。私くらいの賢さならすぐに騙《だま》せるのかもしれない。

「って誰が鳥頭以下じゃい！」

私が一人でブチ切れていると、再びどこからか声が聞こえる。

クスクス……クスクス……。

その笑い声は、女の子のものだ。どこぞの女子が私を笑っとるのだ。耳を澄ますのだ、メグ・ラズベリー。目標はすぐ近くにいる。

「そこじゃああああああああ！！！」

「きゃあ！」

私が脳に血管を浮かべながらズビシと指を差すと、近くの枝に座っていた少女が驚きの声を上げて落ちていった。

ん？　少女？　何故こんな地上十数メートルの場所に少女がいるのだ？

違う、そんなこと言ってる場合じゃない。

「シロフクロウ！」

「ホゥ！」

私が指を鳴らすと同時に、シロフクロウはものすごい速さで少女に向かって飛んでいく。

枝葉を縫うようにして飛んでいくシロフクロウは、ぐんぐん少女との距離を縮めた。

あと少し……。

「ダメだ！　間に合わない！」

私は凄惨な光景を思い浮かべ、思わず目を逸らす。しかし、いつまで待っても何かが落下したような衝撃音は聞こえてこなかった。不思議に思い、恐る恐る目を開ける。

「あービックリした」

目が飛び出るかと思った。

少女が片手で近くの木にぶら下がっていたからだ。

見たところ私とそう歳は変わらなそうなのに、何という膂力《りょりょく》。

「もう！　酷い！　急に驚かせるなんて！」

「えっ？　ご、ごめんなさい？」

一体何が起こった？

わけがわからないまま、眼下でプンスカ怒る少女を、ただただ私は眺めていた。

○

「本当にビックリしたんだから！」

地上に降りた私をプンプンした様子で少女が迎える。

少女には擦り傷もなければ、どこかを打った様子もなかった。

「えっと、あなた怪我《けが》は？」

「別にしてないけど……」

あの高さから落ちて、全くの無傷だって？　そんなことあり得るのだろうか。

何もない場所に少女が当然現れたかと思うと、人間離れした技を見せつけ、ケロッとしている。

一体どういうことだ。

改めて私は、少女の姿をまじまじと見る。透き通るような白い髪。陶器のような白い肌。恐ろしく美しい整った顔立ち。ラピスの街の子供ではないということだけは確かだ。こんな異質な外見の女の子、一度見たら忘れやしないだろう。

その人間離れした特徴に、私は一つだけ覚えがあった。

「クロエだ……」

私が呟くと同時に「何やってんの、メグ」と祈さんがどこからともなく姿を見せる。

「騒がしいから落ちたのかと思ったわよ」

「すいません、実はこの子が木から落ちちゃって」

「この子……？」

祈さんは怪訝な顔をして、辺りを見渡す。

「どこにいんのよ？」

「いや、あんたの目の前におるがな」

「誰もいないけど、あんた大丈夫？　ちょっと変っていうか、いや元からか……」

「ほっほっほ、ふざけた顔でふざけ腐ったことをおっしゃりおる」

「何？　喧嘩《けんか》売ってんの？」

私が祈さんと睨み合っていると「無理だと思う」と少女が口を挟んだ。

「そのお姉さんに、私は見えないよ」

「お姉さんって歳じゃないよこの人。若作りした老婆だから」

「メグ、あんた死にたいの？」

そこで疑問を抱く。

「ちょっと待って。祈さんには見えないってどういうこと？」

「だって、私の姿が見える人はあなたが初めてだったから。魔女メグ・ラズベリーさん」

「私のことを知ってる……？」

「もちろん。だって私はこの街を――ラピスをずっと見守ってきたから。あなたはこの街に住む魔女の女の子。いつも街を元気に徘徊《はいかい》してる」

「徘徊は余計やろ」

しかし彼女の言葉は、私の頭の中のパズルにカチリとハマった。

私が以前会った七賢人の一人『言の葉の魔女』ことクロエ。彼女は人でありながら精霊と半分同化した体を持つ魔女だった。そのクロエと少女の外見は非常に似た特徴を持っている。

ということは、つまり。

「私は精霊。この樹に宿る精霊なんだ」

精霊と、彼女は確かにそう言った。

言われてみると、精霊がまとっているような不思議な光を少女は身にまとっている。後光というか、薄い光が彼女の体を包んでいるのだ。

私には普通の魔女が見えないものが見える。精霊もその中の一つだ。

でも、私の知っている精霊と彼女はまるで違う。

私の知る精霊は、光の珠のようにフヨフヨと空気中を漂うケセランパサランのような存在だから。少なくとも人間の姿をした精霊は見たことがない。精霊と半分同化している、魔女クロエ以外には。

私が呆然としていると祈さんが私の体を突《つつ》いた。

「ちょっとメグ、戻ってきてもらっていい？　さっきから一人で喋《しゃべ》ってて怖いんだけど」

「祈さんには、本当に見えないんですよね？」

「そう言ってんでしょ」

「ねぇ、あなた。この女の人に触れてもらっても良い？」

私が精霊の少女に言うと、彼女は戸惑いながらも祈さんの頬に手を伸ばした。

伸ばした手がゆっくりと、祈さんの頬に触れる。

あっ……と思った。

少女の手は、まるで何もないように、祈さんの頬をすり抜けてしまったから。

本当に、この子は精霊なんだ。

祈さんに事情を説明して、どうにか理解してもらう。最初は半信半疑だった祈さんも、粘り強く説明するとやがて納得してくれた。

「本当にあんたの気がふれたわけじゃないのよね」

「だから何度もそう言ってんでしょ。ねぇシロフクロウ？」

人間よりも鋭い感覚を持ったシロフクロウやカーバンクルにも精霊は見える。

私が尋ねるとシロフクロウは肯定するように「ホゥ」と頷いた。

「シロフクロウが言うなら間違いないか……」

「何故そっちは信じる？」

鳥よりも信頼度の低い私って一体何だ。私も鳥になれば信用してもらえるのだろうか。今夜はローストチキンが良いな。色々考えた。

「樹の精霊か……神話に出てくる精霊のドリュアスみたいなものかしらね」

「私、人の姿をした精霊を見るのは初めてです」

「私も実例では聞いたことないわね。精霊が人の姿を模する……そんなことあるのかしら」

「でも祈さん、確かドリュアスは少女や少年の姿になるって話ありませんでしたっけ。火のないところに煙は……って言いますぜ」

祈さんはふぅむとしばらく考えると、おもむろに携帯を取り出し電話を始めた。

「どこかけてんです？」

「こういう時うってつけの専門家がいんのよ」

「専門家？」

「あ、もしもし？　急で悪いんだけどさ、ちょっと聞きたいことがあって——えっ？　わかってる？　何で？」

祈さんはしばらく電話の相手とやり取りしたかと思うと、不服そうに私にスマホを差し出してきた。

「あんたに代われって」

「私？　誰です？」

「出りゃわかるって言われたわよ。あんたたち知り合いだったの？」

「はて？」

私は恐る恐る携帯を耳に当てる。すると——

「メグ！　元気にしておったか!?」

聞き覚えのある幼女の声が電話口から聞こえてきた。

「もしかして、クロエ？」

電話の主は七賢人の一人『言の葉の魔女』クロエだった。話すのは昨年末以来か。私が電話に出るとクロエは浮き浮きとした声を出す。

「そろそろ電話が来ると思っとったんじゃ！　やっぱりウヌが関わっておったか！」

「やっぱりって、どゆこと？」

「精霊たちが教えてくれたんじゃ。ラピスの街の精霊に異変が起こっておるとな」

「そんなんわかんの？」

「わしは半分精霊と同化しておるからのお。精霊の意思や変化や情報は、わしの中に即座に入ってくるんじゃ」

クロエは精霊と繋がり意思を聞く魔女だ。

精霊は植物だけでなく、時計や本といった無機物にも宿る万物の化身。その意思を感じるクロエは、言わば理の声の代弁者だ。

でもまさか、こんな英国の末端にある村の変異にまで気付くとは。

七賢人の名は伊達《だて》ではないのだろう。

「クロエ、私の前にいる精霊のことなんだけど――」

「よい。皆まで言うでない。人の姿をした、特殊な存在がおるんじゃろう？　精霊たちから聞いておるわ」

「話が早くて良いや。じゃあさ、何が起こってるのか教えてほしいんだけど」

「……それがな、わからんのじゃ」

「はっ？」

聞き間違いかと思い眉をひそめる。クロエは続けた。

「ラピスに何やら特殊な存在がいるのはわかる。じゃが、わしはそやつが何者なのか、感じ取ることができん。理の中に何やら『異物』が生み出された。そんな印象を受けたのぉ」

「異物って……」

「仕方あるまい。そうとしか表現できんのじゃから。言うなれば、一つだけパソコンのネットワークが途絶えたようなもんかのう。精霊は理を通じて情報や意思を共有する存在じゃ。しかしウヌの前にいる『異物』だけが、そのネットワークと繋がっているにもかかわらずアクセスができん。独立しておるんじゃ。何か起こっておると思っておったところに、祈から連絡が来た」

独立。それが何を示しているのか私にはわからなかった。

「メグ、今ウヌの前にいる精霊は、どんな姿をしている？」

「どんなって……めっちゃキレイな女の子だよ。私には負けるけど」

「なるほど精霊の割には小汚いようじゃのう」

「舐めとんのかワレ」

そんな茶々を入れている場合ではない。クロエに確かめないと。

「ねぇクロエ、精霊が人の姿を象《かたど》ることなんてあるの？」

「いや、本来精霊が人の姿を持つことはない。意思疎通もできん。わしのように、人の中に精霊の性質が宿るような特異体質でなければな」

「とても力をつけた精霊ならあり得るんじゃないの？」

「いや、それもないな。というよりも……」

クロエは口籠る。何か言いにくそうにしている雰囲気を感じた。

「メグ、ウヌの前にいるのは果たして精霊なのか？」

◯

電話を切ると、祈さんは「どうだった？」と私に尋ねてきた。

「あんたが見えてる女の子のこと、なんかわかったの？」

「あ……えと」

何て言えば良いかわからず戸惑う。

「やっぱり魔力で力を持っちゃった精霊みたいです。人の姿を持つことは基本的にないから、とても珍しいって驚いていました」

「やっぱりそうか。じゃあ木を燃やす前に精霊を理に還《かえ》してやんなきゃね」

つい嘘をついてしまった。この少女が理に存在する『異物』だと知ったら、祈さんは殺すように言う気がしたから。

私はそっと、目の前にいる精霊ドリュアスの少女に手を伸ばす。

少女は一瞬驚いた顔をしたが、特に嫌がる素振りも見せず私の手を受け入れた。

頬に手のひらをくっつける。よく考えれば、精霊に触るのはこれが初めてかもしれない。彼女からは人間と同じような感触がした。温《ぬく》もりを感じる。生きているんだ、と思った。

「あの……」

私が考え込んでいると、不意に少女が口を開く。

「あなたたちは、私を駆除しに来たんだよね」

その言葉にドクンと心臓が脈打つ。私は黙ったが、それは同時に肯定を意味していた。

「自分の体のことだからわかるんだ。もう私、長くないいんだって」

「そっか……」

「あと魔女が私の体に魔法を書くなんて今までなかったしね」

少女はそっと、自身の肉体である御神木に触れる。

「魔法は使えないけれど、何回か見たことあるから少しはわかるよ。これ、炎を生み出す魔法だよね」

自分に描かれた魔法陣に触れ、彼女はどう思っているのだろう。自分を殺す準備が進んでいるのを見て平気な人はいない。恐怖し、怯え、絶望するはずだ。あるいは怒るかもしれない。なのに、目の前の少女からはそういった様子は見られなかった。穏やかに受け入れているようにすら見える。

樹の精霊だから感情が穏やかなのだろうか。

何と声をかけてよいかわからずにいると「ねぇ、魔女さん」と少女は私の手を取ってきた。

「私はもうすぐ死ぬんだね」

「たぶん……」

「なら最期にこの街を見て回りたいんだけど」

「ラピスの街を？」

「ずっとこの街を見守ってきたから。一度、見回ってみたいなって。だからあなたに道案内をお願いしたいの」

「怖くはないの。死ぬのが」

私が尋ねると、何故だか少女は笑みを浮かべた。

「ずっと長く生きてるとね、死への恐怖は薄れるの。元々、私みたいな樹の精霊はそういう感情が薄いからね。あと……この街のためなら死んでも良いかなって」

それは、この街を見守ってきた守り神の言葉だった。

彼女の中にある死への恐怖は、恐らくずっと強い使命感で塗りつぶされている。ラピスを守らなければという、使命感で。自分が今話しているのは、ラピスの街を何百年も見守ってきた御神木なのだと改めて実感した。

「でも、どうして私に案内を？」

「だってあなたは私と同じくらいこの街を好きに見えるから。それに――」

少女のまっすぐな視線は、一切の曇りも偽りも感じさせないものだった。

「私に何かあった時、あなたなら対処できるでしょ？」

彼女は、自分が正常ではなくなっていることを知っている。


祈さんに作業を任せて私は少女を街へ案内することになった。

怒られるかと思ったが、意外にもすんなりと祈さんは許してくれた。

「でも祈さん、一人で作業なんて大変じゃないですか？」

「まぁ、もしあんたの言うことが本当だとしたら、樹の精霊の願いも聞かずに燃やしちゃうなんて寝覚めが悪いからね」

祈さんも、やっぱり御神木を燃やすことに抵抗があるのだろう。

後ろめたさや、罪悪感を抱えて、平気そうに見えるけど辛い感情を抱いている。なのに誰かがやらなければならない役目を果たそうとしてくれているんだ。そのことに、私は感謝しなければならない。

シロフクロウを祈さんに預けて自然公園を出る。

街を巡ると、すぐに街の中心にある大きな時計塔広場に出た。

「子供たちが楽しそうだね」

「街に出るのは初めて？」

「うん。ずっとあの公園に立ってたから」

少女は心から嬉しそうな顔をする。

「そう言えば、あなた名前は？　ずっと『あなた』呼びもキツイし、かと言って神様って呼ぶのも微妙だし。呼び名とかないん？」

「名前はないかな。メグちゃんが決めてよ」

「私が……？」

呼び名か。精霊に呼び名をつけるのは初めてだ。

おしゃれな名を決めてやらねばならない。センスがあって、可愛らしく、知性を感じさせる、魔女メグ・ラズベリーの品格が滲《にじ》み出《で》るような名を。

私の脳内フォルダが火を吹く。

「うむむぐぐぐごご……」

「白目剝《む》いてるけど大丈夫？」

その時、私の頭の中に電流が走った。

「降りてきた……！」

「降りてきた？」

「セレナはどうだろう」

「セレナ？」

「そう」と私はドヤ顔で頷いた。

「セレナイトって真っ白でキレイなパワーストーンがあってさ。あなたの白い肌と髪によく似てるから、どうかなって」

「セレナ……」

少女はその名を口に出すと、小さく頷いた。

「うん、素敵。気に入った。セレナ、セレナかぁ」

何度も噛《か》みしめるように呼び名を口にする。今まで数百年以上呼び名がなかったからか、よっぽど嬉しいのだろう。

「そこまで喜んでくれると私も嬉しいよ。こうして名前をつけると、まるで我が子みたいだなぁ。私のこと、ママって呼んでもいいのよ？」

「嬉しくなくなってきたな……」

セレナを連れて、引き続き私はラピスの街を巡った。

オネットのベーカリー、時計塔、街一番の市場に、ゼペットじいさんの時計屋さん。

「わぁ！　すごいすごい！」

どこへ連れていってもセレナは楽しそうな声を上げる。こんな地方都市の観光でここまで大喜びされるとは思わなかった。中央都市ロンドに連れていった日には興奮しすぎて倒れそうな勢いだ。

「ねぇ、メグちゃん！　次はどこに連れていってくれるの？」

「っていっても大体見回ったしなぁ。田舎町だから流石に限界があるけど……」

とあるレンガ造りの一軒家の前で、私は足を止める。セレナは不思議そうに首を傾げた。

「メグちゃん、どうしたの？　急に止まって」

「ここ、私の知り合いの家なんだ」

「ふぅん？　古くて素敵な家……」

物珍しげに眺めていたセレナは、やがて庭に目を留め、どこか表情を曇らせた。

「でも、ずいぶん庭が荒れてるね。せっかくたくさんの花が咲いていたみたいなのに……」

「あぁ、それはこの家の家主がもういないからだよ」

「いない？」

私はそっと顔を伏せた。

「ちょっと、寄り道しても良いかな」


私たちが向かったのは、木々に囲まれ、職人の手によって研磨された石が等間隔で並んでいる場所だ。自然公園と違い、ここにはまだ御神木による生態系変化の影響は及んでいない。

「メグちゃん、ここって……」

「お墓だよ。ラピスの街の人たちが眠ってる墓地なんだ」

ラピスの街外れにあるお墓。ここに足を運ぶのは、ずいぶんと久しい。

最後に来たのは、ちょうど去年の秋の終わり頃か。大切な人のお葬式でここに来た。

そして私たちの目の前には、その人のお墓がある。

「これは誰のお墓なの？」

「フレアばあさんだよ。私の祖母みたいな人だったんだ」

フレアばあさんは去年老衰で亡くなった。故郷であるラピスの街に骨を埋め、ここに眠っている。その最期を看取《みと》ったことは記憶に新しい。

「さっきの荒れた家はね、フレアばあさんの家だったんだ。花の栽培が好きで、私にもたくさん花の育て方を教えてくれた人だった。でも亡くなって、庭の手入れをする人がいなくなってね」

「それで、あんなふうに荒れちゃったんだ……」

フレアばあさんの息子であるエド夫妻は、家を売ることも考えたそうだ。

だが「街に戻るきっかけがほしいから」と、踏みとどまった。

住人のいない家はすぐにダメになる。とはいえ、さすがにすぐに移り住むことも難しいみたいで、しばらくは知り合いに家を貸す予定らしい。

エドは長らく故郷を出て、フレアばあさんと離れて暮らしていた。それでも彼の中には、まだ故郷への想いがある。仕事に折り合いをつけたら、家族と共にこの街に戻るつもりなのだろう。フレアばあさんとの記憶を守るために。ただ、それが何年先になるのかはわからない。

「フレアか……」

セレナはそっと墓石に触れ、その名を静かに口にした。

「フレアのことはよく知ってる」

「えっ？　本当？」

「メグちゃんと一緒に歩いてたのも、ちゃんと見てたよ」

寂しそうにセレナは微笑んだ。

「フレアは、私を訪ねてくれた最後の友達だったからね」

友達、と彼女は言った。

「幼い頃から、大人になって、結婚して、家族ができて、老婆になっても。毎日毎日、私に会いに来てくれた。『おはよう、今日も元気ね』って。優しい笑みを浮かべて」

セレナは、長い友人に向けるような心からの慈しみを顔に浮かべる。

「急に来なくなってしまったから気になってたんだけど。そっか……死んじゃったのか。土地も人も移ろい、巡っていく。わかってるし、慣れたつもりだったけれど、やっぱり寂しいね」

するとセレナは、昔を思い出すかのように空を見上げた。

「私はね、まだラピスがほんの小さな村だった頃に植えられたんだ。その頃の村民は数十もいなくて、村っていうよりは集落に近かった。ずっと何代も前の村長さんと二人の魔女が、私をここに植えたの。『ここから始めよう』って」

「魔女？」

「うん。ファウストって名前の古い魔女。知ってる？」

「知ってるも何も、私のお師匠様だよ」

するとセレナは目を丸くした。

「えっ？　ファウストって、まだ生きてるの？　とっくに死んだものとばかり」

「勝手に殺すな。くたばるどころか、年々元気になって困ってんだよこっちは」

「へー、魔女って長生きなんだね……」

でもそうか。お師匠様は、セレナよりもずっとずっと長生きなんだ。セレナが樹齢三百歳だと考えると、お師匠様は恐らくその三倍以上長生きしてる。

改めて考えると、途方もない時間だと思った。

「そう言えば、魔女が二人いたって言ってたよね。もう一人は？」

「もう一人はわかんないかなぁ。でも、たぶん当時のお弟子さんだったんだと思う」

「弟子……」

お師匠様が私以外に弟子を取ったという話は初耳だった。

「どんな人だった？」

「えっと、黒髪で、聡明そうな人だったなぁ」

「聡明かぁ。私によく似てたってことかな？」

「全然違うよ？　メグちゃんとは真逆のタイプ」

「人の目見て言うとはええ根性しとんのワレ」

凄む私を気にすることもなくセレナは「あっ、そうだ」と声を上げる。

「確か『エル』って呼ばれてた気がする」

「黒髪で、聡明そうな顔立ちで、名前がエル……？」

その瞬間、私の脳裏に、一人の女性が思い浮かんだ。

災厄の魔女エルドラ。

世界で最も恐れられ、世界規模の戦争にも関わったという危険人物。

そんな人物が、お師匠様の弟子……？

考えがたかったが、何故だかパズルのピースがハマるのがわかった。

突如として私に声をかけてきた、年齢不詳、正体不明の魔女エルドラ。そのエルドラを「あの子」と呼ぶお師匠様。星の核プロジェクトへ参加する二人。

お師匠様の行動の中心には、エルドラがいた気がした。

私が考えていると「それにしても」とセレナが辺りを見渡す。

「とってもキレイな場所だね。知らなかったらお墓ってわからないと思う」

「でしょ？　市長の方針で整備に力を入れてるみたいなんだ」

ラピスの街のお墓は、かなり入念な手入れがされている。

死者が穏やかに眠れるように。亡くなった人をしっかり弔えるように。

そんな願いが込められているのだろう。

それはこの街の人々の繋がりが深いことを示してもいる。

「ここで眠る人たちの顔の大半を、きっと私は知ってる」

「何の自慢？」

「自慢じゃないよ。子供たちが成長して、大人になって、家族を迎えて、年老いて、天命を終えて。そんなふうに、何人もの人の生涯を見てきたってだけの話」

「さっきも似たようなこと言ってたね」

「穏やかな土地に人が集まって村ができた。その村に商人や職人もやってきて、自治会ができて、村は街になった。そんなラピスの歴史を、私は一緒にたどってきたんだ」

セレナの瞳は、どこか遠くを見つめる。きっと、在りし日のラピスの姿を見ているんだ。

するとセレナは、何かに気がついたように墓地の中心にある大きな墓標へと近づいていった。

「これ……」

「それがどうかした？」

「私のお父さんのお墓だ」

「お父さん？」

墓石にはヨシュアと書かれている。ラピスの街の創始者の名前らしい。

「ヨシュア……うん、覚えてる。お父さんの名前。私が寂しくないようにって、私の周りにたくさんの植物やお花を植えて、毎日毎日お世話をしに来てくれた。街のことできっと忙しかったのに、雨の日も、猛暑の日も、嵐の日も、私を守ってくれた」

「優しい人だったんだね」

セレナはそっと頷く。


——おはよう、今日も元気だね。

『おはよう、お父さん』


——昨日は暑かったね、平気かい。

『平気だよ、お父さん』
――明日は大きな台風が来るみたいだ。無事でいてくれよ。
『大丈夫よ。だってお父さんがこんなにたくさん対策してくれてるもの』
――街が徐々に大きくなってきたよ。お前と同じように街も育ってるんだ。
『いいなぁ。私もいつか街を見てみたい』
――ほらご覧。私がずっと大切に育ててきたこの街の守り神様だよ。
――わぁ！　大きな樹！　初めまして、私はケイトっていうの！
『こんにちは！　ケイトちゃん！』
――私もずいぶん歳を取ってしまった。あと何度お前に会えるだろう。
『きっと大丈夫よ、お父さん！　元気出して』
『寒い……冬がやってきたんだ』
『お父さん、お父さん。ずっと来ないけど、どうしたんだろう』
『雪が降ってきたよ。お父さん、大丈夫かなぁ』

『雪が溶けてきた。また春が来るんだね』

――おはよう。今日から私が父さんの代わりにあなたの面倒を見るわね。

『おはよう、ケイトちゃん！　キレイになっててビックリしちゃった！』

――ふぅ、今日は暑いわねぇ。父さんもこんな暑い中作業していたのかしら。

『倒れないように気をつけてね』

――聞いて。私、結婚することになったの。

『わぁ素敵！　おめでとう！』

――紹介するわ。私の大切な二人の天使たちよ。

『とっても可愛いね！　ケイトによく似てる』

――夫が死んでしまった。もうどうすれば良いかわからない……。

『ケイト、大丈夫？』

——年老いてもうまともに歩けないの。明日病院に入院するわ。あなたに会えるのは今日が最後かも。

『ケイトが治るように祈ってるね！　きっとまた会えるよ！』


『ケイト、最近会えていないけど大丈夫かな』

『今年も雪が降ってきた。お父さんがいなくなった時のことを思い出すなぁ』

『鳥が飛んでる。もう春が来たんだ』


——こんにちは。今日から僕が君の友達だよ。

『あなたはケイトが連れていた……』


「お父さんだけじゃなかったと思う。お父さんがいなくなったら、また新しい人が来て、毎日私に会いに来てくれた。今日も元気だね、立派に育ってねって」

セレナはそう言うと、そっと目を瞑《つぶ》る。

「でもいつしか、徐々に世代が移ろって誰も来なくなった。私は御神木って言われるようになったけど、もう誰も私を訪ねてくれることはなくて。変わっていく街を見ながら、私はただ長く続く時の中を生きてた。みんな私のことを忘れてしまったんだって思ったんだ。そんな時に、声をかけてくれた人がいたの」

――こんにちは、守り神様。


「それが、フレアばあさん？」

セレナは静かに頷いた。

「フレアは私にとって大切な友達だった」

「そのフレアばあさんもいなくなって……また一人になってしまったのは、やっぱり寂しい？」

しかし意外にもセレナは首を振った。

「フレアが亡くなったことは悲しいよ。でも私は、誰も来ないことが何だか嬉しいんだ」

予想外の言葉だった。

「この街の人たちは私にとって自分の子供みたいなもの。お父さんが作った街は今も絶えず栄えていて、たくさんの人が住んでいる。私に会いに来る人はもういなくなったけど、それは他にやるべきことがたくさんあって、元気な証拠でもあると思うから」

セレナはまるで地母神のような優しい表情を浮かべた。

「セレナにとっても、ラピスの街は故郷なんだね」

「故郷……？」

「魂が繋がってる、帰るべき場所ってこと。心が安心できて、落ち着ける場所。文字通り、根を張る場所って言えば良いのかな」

「根を張る場所かぁ……」

セレナは、ヨシュアさんの墓石に手を触れる。

「うん、そうかもしれないね」

しん、と沈黙が流れる。

何だか妙に湿っぽい空気になってしまった。こういうのは苦手だ。話題を変えよう。

「しっかし懐かしいなぁここ。私が桜の魔法を使った場所じゃん」

「桜？」

「東洋にある美しい花を咲かせる木だよ。向こうでは春頃にピンクの花が咲き誇るらしいんだよね。その花を一瞬だけここで再現したの」

「へぇ、良いなぁ。でも、どうして桜を？」

「死んじゃったお母さんを安らかに眠らせたいって子がいてね。それで魔法を使って擬似的に桜を再構築してあげたんだ。そしたらたいそう喜んでくれてね。私を神と崇《あが》め奉《たてまつ》って、土下座までされて、今じゃお布施の毎日だよ」

私の仰々しい嘘にセレナは苦笑する。取り繕ったようなその笑顔に心が死ぬ。

「じゃあその子にとって、桜は大切な思い出の花なんだね」

「きっとね」

「いいな。私も、記憶に残る美しい花を咲かせてみたい。オークは地味な樹だから。今度はもっともっと、人を楽しませる――ラピスの街の人たちに、喜んでもらえる存在になりたいな。もらうだけじゃなくて、私からも何かを渡せるようになりたい」

セレナは虚空に手を伸ばす。

「そして、消えない記憶を刻み付けるの。絶対に私のこと忘れられないような、一生私のことを覚えているような鮮烈な記憶を」

「うん？」

何か言い方が気になって、私はセレナに目を向ける。するとセレナはどこか焦点の合っていない目で、虚ろな笑みを浮かべて私を見つめていた。

先程までの彼女と様子が変わった気がして、薄ら寒いものを覚える。

「セレナ、大丈夫？」

「何が？」

私が声をかけると、セレナの表情はパッと戻った。

一瞬妙な感じがしたけど、気のせいだろうか。何も変わりないように見える。

「ホウ」

その時、どこからともなく飛んできたシロフクロウが私の肩に留まった。祈さんと一緒にいたはずだが、呼びに来てくれたらしい。

「そろそろ戻らないと。あんまりのんびりしてると祈さんに怒られちゃうよ」

「うん、モドロウ」

背後から聞こえたセレナの声は、何だか違って聞こえた。

そして、最期の日はやってきた。

今ならわかる。

その日を、私は生涯忘れないと。


冬を感じさせない、よく晴れた穏やかな日だった。

暖かく柔らかな日差しを浴びて、フレアばあさんが死んだ日のことを思い出した。

「ようやく完成したわね」

私たちはすべての魔法式構築を終え、市長のカーターさんの立ち会いのもと、最後の確認を行っていた。

「一通り大丈夫そうですな。予定通り、街への被害も最小で済むでしょう」

「それじゃあ市長、そろそろ……」

「ええ、人払いは済ませてあります」

街への被害が及ばぬよう結界を張り巡らせ、樹の成長も止めてある。

後は、転化術式を発動させて燃やすだけだ。

「しかし、数百年と街を守り続けた守り神の末路が、生きたまま燃やされることだとは……。惨《むご》たらしいものですな」

「伐採するのだって変わんないでしょ。結局は樹を殺すことなんだし」

「確かにそうかもしれません。ただ……樹を切るとは我々にとって、樹に敬意を払う行為でもあるのです。祈りと感謝を捧げ、眠りについていただく。それが、人と樹のあるべき形だと思うのですよ」

「そんなの、ただの自己満足よ……」

祈さんは唇を噛んだ。辛くないわけがない。

私は知っている。樹を救えないことをこの中で一番悔いているのは、祈さん自身なのだと。

だからこそ、誰もその決定には逆らえないし、逆らわない。

「メグちゃん、大丈夫かい？　顔色が悪いようだけれど」

「えっ？　あぁ、平気平気。ちょっと寝不足なだけだよ」

私に気付いた市長が声をかけてくる。我ながら相当酷い顔をしていたらしい。

ここ最近、私はセレナを助ける方法を調べてろくに寝ていなかった。

魔力汚染された植物を助ける方法でも、理から切り離された精霊を元に戻す方法でもどちらでも良い。何か方法があればセレナを救えるかもしれない。

必死で魔法の術式や過去の前例を探してみた。だけど、残念ながらその方法を見つけることはできなかった。

精霊が理から独立して人の姿を象る『異物』となる。セレナの状態は前例がない事象だ。世界最高の精霊の権威であるクロエが言うのだから間違いないだろう。

もう少し時間があれば、何か手立てがわかる可能性だってある。

でも、祈さんは決して待ってはくれない。

祈さんは七賢人だ。世界をまたにかけ、様々な問題に対峙し、現場を見てきた。彼女が必死になるのは、過去に凄惨な状況を何度も見てきたからだろう。

最短で樹を燃やす選択を変えないのは、そうしないと取り返しがつかないことになるのを知ってるからだ。一分一秒の判断の遅れが、大勢の人の命を奪ってしまう。実感は湧いていないけれど、これはきっとそういう戦いなんだ。

「メグ、そろそろ始めるよ」

祈さんが声をかけてきた。彼女は何かを探すように辺りを見渡す。

「で、例の精霊は？　近くにいるの？」

「そう言えば、姿を見てないな……」

「探してきな。精霊がいなけりゃ理に還せないから」

「あいさ」

こうなったら最後の頼みは祈さんの精霊還元魔法だ。七賢人が構築した魔法式ならセレナを理に還すこともできるかもしれない。可能性は低かったが、もはやそれを信じる他なかった。

「セレナ！　どこにいるの！　出てきなよ！」

結界や魔法式の構築にかかった時間は全部で三日。

昨日までは私のすぐそばで作業を見ていたはずだ。私が姿を見せると、すぐに近づいてきて姿を見せてくれていた。それなのに、今日はその姿が見えない。

何だか胸騒ぎがした。私は不安を振り払うように御神木に向かって駆け出す。

するると、樹の根元で物陰が動くのがわかった。

「セレナ、そんなところにいたの。早くこっちに来な……」

私はそこで、ピタリと足を止める。

そこにあったのは、信じられない——信じたくない光景だった。

「あ、あぁ……メグぢゃ、メグヂャんんん」

美しい白い頭髪は抜け落ち。

「あだ、アダぢ、アダヂ、どうナッで？」

皮膚はボロボロに朽ち。

「メグぢゃん、アダヂ」

顔は奇妙に醜く歪み。

「メグぢゃん、アダヂ、あだじを、アダじ」

異形と化した、セレナの姿がそこにあったからだ。

セレナは魔物になっていた。

「セ、セレナ……？」

全身の肌が粟立《あわだ》ち、目の前の光景を受け止めることもできないまま、私は呆然と立ち尽くす。手が震え、体が極度の緊張に襲われるのがわかった。

一歩、また一歩と、私に近づいてくる。

逃げなきゃダメだ。でも、足が動かない。

「メ、グぢゃん、メグじゃんんん」

セレナの手が、私に触れようとしたその時。

「ホゥ！」

シロフクロウの大きな鳴き声が、私の意識をハッと覚醒させた。

私はかろうじてその場から一歩二歩、後ろへ下がる。

刹那、先程まで私の顔があった場所を、左右に裂けるように開かれた巨大なセレナの口が飲み込んだ。私の肉を食いちぎろうとしたんだ。

実体のないセレナの行為がどのような影響を及ぼすかはわからないが、目の前の異形がかつて自分の知った少女でないことを知るには十分だった。


――メグ、ウヌの前にいるのは果たして精霊なのか？


クロエの言葉の意味がようやくわかった気がする。

セレナは『異物』となった時点できっと、もう魔物になっていたんだ。

でもセレナ本人も私も、それに気付くことができなかった。彼女を蝕《むしば》む魔力汚染は着実に進行していたのに。

一緒に街を歩いた時、セレナの様子がおかしい瞬間があった。

今思えば、あれもきっと予兆だったんだ。

「メグ！　無事!?　どこにいんの!?」

「祈さん！」

私は身をひるがえして祈さんの元に駆け出す。

すると、突如として地面が揺れた。

地震かと思ったがそうではないらしい。視界が揺れる中、生い茂っていた御神木の枝葉の位置が変わっている気がした。一体何が起こっているのかわからない。

「メグ、まずいことになった！」

「一体どうしたんです!?」

「樹の暴走が始まった！」

すると、ものすごい轟音《ごうおん》と共に地面がえぐれ、大蛇のように蠢く樹の根が姿を見せた。

一本や二本ではない。何百本もの根と共に、先程までただの樹だった御神木が生き物のように動き始めたのだ。

「くそっ！　間に合わなかった！」

「そんな！　結界はちゃんと構築してたのに！」

「破られたのよ！　結界の魔法式を誰かが狂わせたの！」

「誰かって一体誰がですか!?」

「んなもん私が知りたいわよ！」

そこで私の脳裏にハッと浮かび上がる。そんなことするのは一人しかいない。セレナだ。私が魔法式を構築している間、セレナはずっと近くにいた。どこに結界を構築しているのか、自分の動きを何が封じているのか。セレナは私を通してそれを見てきた。

死にたくないと心の奥底で願ったセレナが無自覚に根を伸ばし、自身を囲むように描かれた結界の魔法式を狂わせたのだとしたら。

セレナを止めていた魔法の枷《かせ》は外れ、暴走が起きる。

信じたくなかったけれど、信じざるを得ない事実がそこにはあった。

目の前の御神木はまるで生き物のように蠢くと、瞬く間に根を広げ、枝葉を成長させていく。辺りにかろうじて残っていた植物たちが、突然精力を吸いつくされたかのようにしなびていくのがわかった。

「まずいよメグ、あいつ、本格的に種を喰い始めた。一旦退散するよ！　あんなの二人じゃ相手にできない！」

「そんな……」

「うわぁ！　誰かぁ、助けてぇ！」

叫び声が聞こえて咄嗟に振り返ると、避難していたはずの市長が木の根に足を絡め取られていた。安全圏にいたはずなのに、私たちの想像以上に木の根の成長が早まっていたのだ。

「ヤバい！」

祈さんがシュッと手を横に一閃《いっせん》すると、手の軌道上にあった木の根が一瞬にして刈られる。何とか市長は解放されたが、安心する間もなく、次の根が市長を襲おうとしていた。

「ひぃ！」

「まったく、手間のかかるおっさんね！」

祈さんは獣のように四本の手足で地面に飛び込むと、そのままものすごい速度で市長の元に駆けていく。道中の木の根を切り裂きながら走るその姿は、まるで猫のように軽やかだった。

「シロフクロウ！　私らも行くよ！」

「ホウ！」

私がその場から離脱を試みたその時。

「メグヂャん……」

消え入りそうな声で、私の名を呼ぶ声が聞こえた。

異形と化した御神木の根元で、変わり果てた姿のセレナがこちらを見つめている。

セレナは、血の涙を流しながら私に何か語りかけていた。

「おねがぎめぐぢゃん。わダジをごろじで」


――お願いメグちゃん。私を殺して。


セレナは、確かにそう言った。

私はそこで気付く。セレナは完全に魔物になったわけじゃないのだと。

「セレナはまだ生きてる。ラピスを守ろうと、戦ってるんだ……」

私がセレナから聞いたラピスへの想いは、彼女の本心だった。

だから今、セレナは最後の精神力で必死に抵抗してくれている。

結界術式は破られたが、転化術式は破られていない。

つまり、今なら樹を燃やすことができる。

それが彼女の望みなら、果たすのは私でなくてはならない気がした。

「メグ！　何やってんの！　あんたも早く逃げな！」

どうにか脱出経路を確保した祈さんが、私に呼びかける。

だけど、私は逃げるわけにはいかない。終わらせなきゃならないんだ、あの子の命を。

私は、震える呼吸をどうにか整え、シロフクロウの頭を撫でた。

「良い？　シロフクロウ。祈さんと一緒に逃げて」

「ホゥ？」

「私はまだやることがあるから。留守番してるカーバンクルをよろしく。あいつ、とことん寂しがり屋だから構ってやって」

「ホゥホゥ！」

「いいから早くお行き！　ローストチキンにして食っちまうよ！」

半ば怒鳴り散らすと、どうにかシロフクロウは私の言うことを聞いてくれた。

その背中を見送る私の顔には、何故だか笑みが浮かんでいる。無意識に死を覚悟しているのかもしれない。死を覚悟して笑うなんて、我ながらどうかしてる。

「メグ……？」

困惑する祈さんに、私は頭を下げた。

その瞬間、祈さんの表情が変わった。私が何をしようとしているのか悟ったんだ。

「ダメよ！　メグ！　早くこっちに来な！」

祈さんの声を無視して、私は御神木に向き合う。

「行くよ、セレナ……」

私はソフィ直伝の魔法陣構築術で空中に二つの魔法陣を構築した。肉体強化《フィジカル》と動体視力強化の魔法だ。隙間時間に行っていた練習のおかげで、私の魔法陣構築術はかなり精度が上がっていた。

二つの魔法を自分にかけると、体が軽くなる感覚と、相手の動きがゆっくりに見える感覚が同時に私の中に生まれた。この状態なら、相手の攻撃を避けつつ幹までたどり着けるはず。

私は大きく息を吸うと、御神木に向けて駆けた。

転化術式の本体は御神木の幹に描いてある。

その魔法式さえ発動してしまえば……！

すると、私の動きに呼応するかのように、伸びゆく枝や根が襲いかかってきた。

大きな樹の枝をしならせて私を薙《な》ぎ払《はら》おうとしたり、根で絡め取ろうとしてくる。

私は身をひねると、それらをギリギリで回避した。

足元から絡みついてくる根に合わせて跳躍し、打ち込んでくる枝の上に乗って幹へ向かって駆け抜ける。手数が多い。油断するとすぐに捕まってしまいそうだ。

異常発達した枝や根はどれも大蛇と見紛うほどに太く、強靭《きょうじん》だ。捕まれば最後、私の骨など簡単に砕かれてしまうだろう。そうなればもう勝ち目はない。

「セレナ！」

叫ぶも、私の声に反応する様子はない。

暴れ狂う御神木の中心に立つ彼女はもう、正常な意識が残っていないように見えた。

一歩、二歩、三歩。やっとの思いで近づいていく。

そんなに距離はないはずなのに、ずいぶんと遠くに感じた。

なかなか近づくことができず、最初は楽に回避できていた樹の動きに追いつかなくなってくる。

体力には自信があったが、それを上回る速度で木々の攻撃頻度が増していた。

枝が体をかすめ、根が足を打ち。少しずつ、全身を蝕むようなダメージが蓄積されていく。

「あとちょっと……」

と、その時。

不意に足先に力が入らなくなり、ガクンと膝から崩れ落ちそうになった。

咄嗟に踏ん張ったものの、一瞬何が起こったのかわからなくなる。

「何で……!?」

私の傷口には、樹の葉が触れていた。よく見ると、葉の形状が変化してる。

毒だ。毒が傷口から回ったんだ。その一瞬の油断が、命取りとなった。

動きを鈍らせた私の足に、急に地面から顔を出した根の一本が絡みついたのだ。

声を上げる間もなく、根は私の足を巻き取り、締め上げる。

しまった。

そう、思った瞬間――


ボキリと骨が折れる鈍い音を、確かに耳にした。


足先から息ができないくらいの痛みが這い上がってくる。

「あ、あぁ……」

あまりの激痛に、私はその場に倒れ込んだ。全身から冷や汗が吹き出す。同時に、自分にかけていた二つの魔法の効果が消えてしまう。

それが、崩壊の始まりだった。

次は太くしなやかな枝が私の体に打ち込まれた。鈍器で殴られたかのような強い衝撃が、私の体を宙へと吹き飛ばし、固く冷たい地面へと叩きつけた。

頭や鼻や口から血が流れて、意識が朦朧《もうろう》とする。

右足がおかしい方向に曲がっているのだけがわかった。

「メグっ！」

遠くで、こちらに駆けてくる祈さんの姿が見える。でも、いくら祈さんでもこの大量の根や枝に阻まれては迂闊に近づけないだろう。間に合わないのはすぐに察しがつく。

「お師匠様……」

――自分で決めたことを最後まで貫き通しな。世界に名だたる魔導師たちは、みんなそうしてきたんだ。


いつか、お師匠様に言われた言葉が蘇る。

そうだ、私はまだ死ぬわけにはいかない。自分で決めたことをやるんだ。

「セレナを……セレナを助けるんだ……」

朦朧とする意識の中、自分がどこに向かっているのかもわからないのに、私は闇雲に手足を動かした。

口の中に鉄の味が広がっている。体を引きずると、血の跡が地面に生まれた。

視界が利かない。真っ白な靄《もや》に包まれるように、どんどん白くなっていく。

それでも地面を掻くように手を突き出すと、やがてそれは何かに触れた。

手を伸ばした先にあったのは、御神木の幹だった。

転化の術式が描かれているのがかろうじてわかる。発動させれば、たちまち樹の魔力が炎へと転化し、御神木は焼け落ちるだろう。我ながら悪運の強さに呆れる。

この状態で炎を上げれば、私は助からないかもしれない。でも、ラピスの街の皆を助けることはできる。ラピスの皆を守りたいと言った、セレナの想いを無駄にせずに済む。

私はそっと、震える手で幹をなぞる。

生命が脈動している。これだけ深く魔力に侵食されていても、この樹はまだ生きているんだ。

その時、何故自分がそうしたのかはわからない。

意識が混濁して記憶が混ざっていたのかもしれないし、死にかけていて過去のいろんな経験が走馬灯のように浮かび上がっていたのかもしれない。

ただ私は、確かに声を聞いたんだ。

このラピスの守り神の声を。


——いいな。私も、記憶に残る美しい花を咲かせてみたい。オークは地味な樹だから。今度はもっともっと人を楽しませる、ラピスの街の人たちに喜んでもらえる存在になりたいな。


「そうだね、セレナ……」

私が発動した魔法は、初めて嬉し涙を手にした時の魔法。

「美しい姿を…………見せて」

桜の再構築魔法だった。

その瞬間に見た光景は、たぶん一生忘れることはないだろう。

地響きのような音を立て、御神木を魔力反応の光が包んだかと思うと。

先程まで緑に生い茂っていた枝葉が、次々と美しい花びらに変貌を遂げ。

世界が美しく染まり、視界一面を美しい桜色が満たしたのだ。

視界を染め上げる、満開の桜の樹が生み出されていた。

何が起こったのかわからなかった。ただ、美しいと思った。

朦朧とする意識の中、落ちてくる花びらに向かって私は手を伸ばす。

すると、その手を誰かが取ってくれた。

セレナだった。

魔力に侵食され、見る影もなくなったあの姿じゃない。

私がよく知る、美しい、白い肌と髪をした、あのセレナが私に向かって微笑んでいた。

セレナ……。

声をかけようと思うも、喉がカラカラに渇いていて声が出ない。

ヒューヒューという空気の漏れる音だけが吹き出していた。

「メグちゃん」

セレナは笑みを浮かべる。その瞳には、涙が浮かび上がっていた。

彼女の全身が、白い光に包まれている。精霊特有の反応だった。

全身が光に包まれたセレナの肉体は、やがて指先から、徐々に光の珠へと分解していく。

精霊に戻るんだ。理に還ろうとしている。理屈じゃなく感覚で、それがわかった。

「ありがとう、メグちゃん」

セレナは、涙を流しながら微笑んだ。

「もう一度私は、この街に戻れる。ここにいられる。大好きなラピスの街を、見ることができる。本当に、ありがとう」

セレナから流れた涙は、カタリと音を立ててビンにこぼれ落ちた。

「バイバイ……セレナ……」

私がそう呼びかけた時、すでにセレナの姿はそこになかった。

○

私が次に目覚めたのは、次の日のことだった。

ラピスにある病院で目を覚ますと、すぐそばにお師匠様が座っており。

私を見ると優しく頭を撫でてくれた。

「よく頑張ったね、メグ」

その声は、いつになく優しいものだった。

「お師匠様……えっと、私、どうなったんですかね」

「病院に運ばれたのさ。酷い怪我だったからね。祈が薬を調合してくれて、治癒力を高めた。それでお前は助かったんだ」

「そうなんだ……」

そこでハッとする。

「そうだ、セレナは!? 街の御神木はどうなったぁ痛だだだ！」

身を乗り出すと、全身に痛みが走った。「無理すんじゃないよ」とお師匠様が私を支えてくれる。

「安心しな、焦らなくてもあの樹は無事だよ。お前のおかげでね」

「私の……？」

「呆れた子だね、自分でしたことなのに、覚えてないのかい？」

「いやぁ、なんかもう色々ありすぎてぐちゃぐちゃで」

すると、コンコン、と部屋のドアをノックする音が響いた。祈さんだった。

「ようやく起きたわね。調子どうよ？」

「お陰様で」

「なら良いけどさ」

「祈、今回は不肖の弟子が迷惑かけたね」

「ホントよ。とっておきの秘薬を使う羽目になるわ、報酬は安いわで散々よこっちは」

「ひぇぇぇ、すんまへん」

私が申し訳なさで縮こまっていると、祈さんはフッと笑みを浮かべ、

「でもまぁ、無事で良かったわ」

と言った。

「そう言えばファウストばあさん。外出許可の件なんだけど、経過に問題なければ良いって」

「ならまた後日だね。祈はまだこっちにいられるのかい？」

「残念ながらね。出張先のアクアマリン行きの定期船が止まってて、色々調整したら一週間は空きが出そうなのよ」

「アクアマリンか。ちょうどいい。宿代の代わりに頼みごとをさせてもらおうじゃないか」

「別に良いけど。泊まってる間も仕事あるんだから、手加減してよね」

「あの、お話し中すいません。外出許可って一体……？」

私の言葉に、お師匠様は頷く。

「お前の言う『御神木』を見に行くのさ」

○

三日後。

祈さんに車椅子を押され、私は祈さんとお師匠様とラピスの街を散歩していた。

私の膝の上では、カーバンクルが静かに寝息を立てている。

頭の上にはシロフクロウが乗り、日差しを全身に浴びていた。

空気が暖かく、風が柔らかい。私が寝ている間にすっかり季節は冬を越えたらしい。

「それで、これってどこ向かってるんです？」

「あの自然公園よ」

「自然公園って、御神木のあった？」

「そう。あの一件以降、魔法学会が大騒ぎになってんのよね」

「学会が？　何でですか？」

「行きゃわかるわよ」

祈さんの言葉にはどうも含みがあるように感じられる。さっさと教えてくれりゃ良いのに。

私が訝しんでいると「メグ」とお師匠様が声をかけてきた。

「これからお前は忙しくなっていくよ」

「忙しいって、星の核プロジェクトでですか？」

「いや。お前自身の魔法が、世界と繋がっていくんだ」

お師匠様は、どこか遠くを見ている。その視線が捉えるのは、ここではない遥か遠くの未来に思えた。

「メグ、よくお聞き。世界と繋がることは、お前の想像を絶する苦難を目の前にすることになる。お前はこれからそれと対峙しなきゃならない。その時が迫ってきたんだ」

「んなこと急に言われてもよくわからんです」

「嫌でもわかるようになるさ。そのうちね」

お師匠様はそう言うと、どこか満足気な表情で笑みを浮かべた。

それは巣立つ子供を見る時のような喜びに溢れている。

「そう言えば、カーターがこの間うちを訪ねてきたよ。弟子を危険に巻き込んですまなかったって、菓子折りを持ってね」

「何でお師匠様に謝るんじゃ。直接私のとこ来んかいな」

「私に無断でお前を使ったんだ。その筋をあいつは通さなきゃならなかったんだろう。ラピスの市長としてね」

「市長ならもうちょっとしっかりしてほしいなぁ、まったく」

思わずため息が漏れる。今回も安請け合いしたために散々な目に遭った。

祈さんの治療薬のおかげで、打撲や切り傷や内臓へのダメージはかなり早期の治癒が見込めるらしい。

でも骨折した足は全治二ヶ月ほどだそうだ。

「退院まであと四日かぁ。祈さんの薬のおかげでどうにかなったけど、骨折の完治には時間かかりそうだし。あーあ、私の大事な寿命が……」

「これに懲りたら、これからはもうちょっと人を頼んなさい」

祈さんの言葉に私は「ふぁい……」と肩を落とした。

「ホゥホゥ！」

「ほら、シロフクロウも怒ってるわよ。邪険に扱ったから」

「ふぇぇ、許してよぉ、後生だよぉ」

「こりゃ、どっちが主人だかわかりゃしないね」

祈さんとお師匠様が苦笑し、私はガックリする。

余命へのタイムリミットもないのに散々だ。いっつも私は遠回りをしている気がする。

「さて、そろそろだね」

お師匠様の言葉で、私は顔を上げた。

いつの間にか、ラピスの自然公園にたどり着いていた。

枯れ切っていた草木は元に戻り、暖かな日差しに照らされ美しい新緑の彩りが満ちている。

「もう植物が回復してる……」

「そりゃあんた、七賢人が二人もいるんだもの。舐めんじゃないわよ」

祈さんはどこか得意気だった。

にしても。

「なんか人多くないですか？　いつもガラガラなのに」

「そりゃあ、お前が世界有数の観光名所を生み出したからだろう」

「えっ？」

「ほら、メグ。見てご覧」

お師匠様に促され、視線をやった私は言葉を失う。

そこに、桜が美しい花を咲かせていた。

見たこともないくらいの、呼吸するのも忘れてしまうほどの巨大な桜の樹が、春の彩りを象徴するかのような美しい桜色の色彩を広げている。

舞い散る花びらは終わりが見えず、永遠を私に感じさせる。

まるで異界に迷い込んだかのような、心震える幻想的な光景がそこにあった。

桜の周囲には、何百、何千という精霊たちの姿が見える。

微かな生命を感じさせる雪のような光の粒が、桜の花びらに紛れて、木々の隙間で遊んでいるのがわかった。もっとも、それが見えるのは私だけだろうけど。

「何だこれ……」

「何言ってんの。これをやったのは、あんたじゃない」

「私が!?」

祈さんの言葉に思わず振り返った。祈さんは言葉を紡ぐ。

「あの時、あんたがやったのは重度の魔力汚染に蝕まれたオークの巨木の『転生』。組み立てていた転化術式を使って、オークを桜へと生まれ変わらせた」

「転生……」

「生まれ変わった樹は理に繋がり、過剰に吸われていた魔力はすべて消費された。消えていたはずの精霊の気配が蘇ったってクロエが大はしゃぎしてたわ。まさしく、魔法史を大きく揺るがすような大魔法よ」

「その大魔法を私が放った？」

「そうね。と言っても、基礎魔法式を構築したのは私だから、半分は私の手柄だけど」

「たとえ発動させた本人であっても、お前は『助手』って扱いになるだろうね」

何じゃそりゃ。思わず肩が落ちる。

「まぁ、別にいいですけど」

「何だい？　ずいぶんと殊勝じゃないか」

「だってお師匠様、私、あの時何やったか全然覚えてないんですよ？　意識の外でやったことなんて、どれだけ讃《たた》えられても全然嬉しくありまへんわ」

「あんた、そういうところ律儀よねぇ」

祈さんは呆れ笑いを浮かべながら肩をすくめた。

「でも大量の魔力を使って樹を別物へ転生させるって発想はなかったわ」

「魔力汚染によって取り込まれた魔力量は尋常じゃないからね。生物が正常でいられる範疇を遥かに超えた量の魔力が宿ってる。それだけの力の供給源があったからこそ、転化魔法も転生魔法として機能したんだろう」

「魔力汚染された動植物の治療方法に一石を投じたことになるわね」

「ほぇぇ」

自分でやったことなのだろうが、何だかまるで実感が湧かない。

あの時は無我夢中で、ただただ魔法を発動しただけなのだ。

何故そうしたのかと問われれば、直感としか答えようがない。

「メグ、ビンを見せてみな」

「えっ？　ふぁい」

私がビンを差し出すと、お師匠様はそれをまじまじと眺めた。

「精霊の涙が宿るビンか……ふふ、なんだか素敵じゃないか」

そして、どこか嬉しそうな笑みを浮かべるのだ。

お師匠様は精霊を見ることができない。たぶん、涙に宿る魔力を感じ取ったのだろう。

私もビンを受け取り、眺めてみる。ただ、私にはあまり違いはわからなかった。

「メグ。学会のルールで、この新種にはお前が学名を付けることになってる」

「えっ？　お師匠様、マジです？　でも新種って？」

すると祈さんが補足した。

「これはね、北米地方にしか見られない、精霊樹の一種なの」

「精霊樹？」

「そうさ」

お師匠様が頷く。

「多くの精霊を生み出す精霊樹と同じ特徴がこの樹には見られる。ただ、桜を咲かせる種類はここにしかない。紛うことなく、お前が生み出した精霊の御神木さね」

「英国地方で咲く桜の精霊樹。過去に類のない新種よ。こうなると、これからこの自然公園はどんどん発展していくわね。精霊樹は大地を清め、木々に加護を与えるから」

「カーターも今、新しい樹を植えるか検討してるって言ってたね」

「そうなんすか」

だからこんなに人がいるのか。

精霊樹を一目見ようと集まった、たくさんのラピスの人たち。

皆が皆、桜の美しさに目を奪われ、嬉しそうに笑みを浮かべている。

それは、かつて精霊の少女が夢見た街の人に愛される御神木の姿だった。

「メグ、樹の名前は決まってるの？」

「名前かぁ……」

祈さんの問いに、私は精霊樹を見上げる。

すると、一瞬だけ。

樹の上で、微笑む少女の姿を見た気がした。

たくさんの精霊に懐かれている、白い少女の姿を。


「ラピスセレナ」


そして私は、その名前を口にした。

かつて、ラピスの街に、一本の樹が植えられた。

その樹は、何百年という月日を経て、ラピスの街と共に成長した。

しかし時を経て樹は人々から忘れ去られ、やがて樹も病に蝕まれた。

病に侵された樹は、街を守るため死ぬことを望む。

その樹は今、新しい姿になって再びラピスを照らしている。

人々から忘れ去られた守り神は、再び人々に愛されるようになった。
これからもこの樹はたくさんの人に愛され。
そしてまた長い間、私たちを見守ってくれるのだろう。
独りじゃなくて、たくさんの精霊と一緒に。
私は、静かにラピスセレナを見上げる。
柔らかい春風が頬を撫でた。
その温もりを全身で感じて、私は木に向かって言葉を告げる。
「春が来たよ」

第11話 潮騒と共に祝福の鐘は鳴る

風が吹くと、潮風の匂いがした。

波の音の中に時々、エンジン音。

遠くにはカモメが鳴き声を上げながら飛び、見渡す視界には一面の蒼《あお》が広がる。

その情景は、何だか心を浮き立たせた。

私は大陸から諸島へと渡される定期船に乗っていた。甲板の手すりから身を乗り出し、遠くを眺める。肩の上で、カーバンクルが潮風を感じて目を細めていた。

「メグ、こんな所にいたの？」

ボーッと海を眺めていると声をかけられた。

「祈さん」

「あんまうろちょろしないでよ、怪我人なんだから」

「良いじゃないですか。船なんて滅多に乗らないですし」

「言っとくけど遊びじゃないのよ？　あんた自分がこれから何しに行くかわかってるでしょ？」

コンコン、と祈さんは私の足のギプスをノックする。

そう、私たちは世界有数の医療施設に向かっているのだ。

先日地方都市ラピスの街で起きた、御神木の魔力汚染。

そこで負った怪我を完治させるため、というのが目的の一つ。

今回の治療は私を巻き込んだラピス市長のカーターさんが病院に依頼し、特別に治療を受けられることになったのだが、交換条件が出されたのだ。

それが目的の二つ目。

私が魔力汚染された御神木を助けた時に何をしたのか、状況の事情聴取である。

「良かったわね、私がたまたま同じ場所に用があって」

「祈さんがずっとうちに滞在してたのは、この定期船に乗るためだったんですね」

「そゆこと。ここの定期船、最近潮の流れが変になったって言って一時的に止まってたのよね。飛行機も出てないし。不便で仕方ないわ」

「何で出てなかったんですか？」

「一時的に潮が読めなくなったらしいのよ。豪華客船でも流されるって。それで渡航禁止。全世界憧れのリゾート地なのにね」

「そんな場所に行けるなんて役得だなぁ。骨は折るもんだ」

「もう一本折っておこうか？」

「やめなされ」

リゾート地で療養なんて、普通ならお師匠様が許さなそうなことだ。

お前は見習いなんだからサボるんじゃないとか、普段ならそういうことを言うだろう。

でもカーターさんから話があった時、意外にもお師匠様は二つ返事で了承した。

「良いんですか？　お師匠様。水の都で骨折治療とか、そんなん休暇ですやん」

「まぁ、お前もここ最近はトラブル続きだったしね。いい骨休めになるだろう。それに、今回お前の治療に当たるのは世界有数の魔法医だ。数ヶ月かかる治療も、数日で治してくれる見込みがある。魔法の臨床試験に付き合いながら治療してたらあっという間さね。言うほどゆっくりもしてられないよ。修行だと思って精進しな」


お師匠様はそんなことを言っていた。

今から私と祈さんが行く街には、七賢人の一人『生命の賢者』がいるらしい。

魔法を医療に組み込んだ第一人者であり、世界で最も人を救ってきた名医。そんな人が、私の話に興味があるのだという。

その話を聞いた時、これはとんでもない好機だと思った。私にかけられた死の宣告の呪いについて聞けるからだ。

今まで七賢人のエルドラ以外には見抜けなかったこの呪いの正体を、生命の賢者ならば見抜くことができるかもしれない。そうなれば、呪いを解く手段を知ることができるかも。

私の怪我も治る。魔力汚染の治療研究も進む。呪いの正体もわかる。

まさしく一石三鳥。

これほどのチャンスが巡ってくるとは、誰が予想するだろうか。

「さらに病院の医者を落として玉《たま》の輿《こし》に乗れば一石四鳥じゃあ！」

「あんた何さっきから一人で騒いでんのよ、キモいわね」

「ふふ、私に彼氏ができたら、祈さんにも合コンくらいセッティングしてあげますわよ」

「いらないわよ、候補なんて山ほどいるんだし」

「山ほど……？」

そういえばこの人はテレビで特集されるほどの美魔女だった。

事あるごとに会っているためすっかりその事実を忘れていた。

「祈さん、ところで芸能人と合コンとか組む気ありません？」

「あんたプライドないの……？」

そんなことを話していると、船内に軽快なＢＧＭが流れ始める。

音楽を聞いた祈さんは「お、そろそろね」と表情を変えた。

「見てみなさい、メグ。あれが私たちの目的地よ」

「おぉ……」

先程は何もなかった水平線に、街が浮かんでいた。

世界中の人が集まる、最先端の医療大国にして随一のリゾート地。

南欧の海に存在する水の都アクアマリンである。

その港町は世界一美しい。

いつだったか、そんなレビューがされていたのを見たことがある。まさか自分が、そのレビューが真実だと体感するとは思ってもみなかったが。

青い空、透明な海、美しい煉瓦造《れんがづく》りの街並み。気候は穏やかで、魚は美味《うま》く、通りは活気に溢れている。街には至るところに水路が渡され、陸を走る車よりも水路を走る船の方が目立つ。昼間は海の青に彩られ、夜は星空と温かな街灯が映える、水と調和した街。

その美しい情景からいつしかこの街は『アクアマリン』の名で呼ばれるようになった。

人間に恋した人魚の涙から生まれたという話を持つ、蒼い宝石の名前である。

「すんごい街だ。いろんなところに水路がありますね」

「この街が水の都たる由縁ね」

まるで異世界ファンタジーのような街並みに、私は圧倒されていた。

私の横では、太陽の陽射《ひざ》しを浴びて祈さんがぐっと伸びをしている。

「うーん、やっぱり海の街は良いわね。ラピスとは大違いだわ」

「失礼な」

私の愛した故郷、ラピスだって決してこの街には負けていないはずだ。

そりゃあゴミは落ちてるし年寄りは多い、冬は寒いし建物も古びていてオシャレでもない。

勝てそうにないな！

船を借りて水路を行くことを提案されたが、街を眺めたかったので歩いて向かうことにした。怪我人なのに松葉杖《まつばづえ》ついて歩くのもどうかと思うが、性分なのだから仕方がない。

美しい光景に圧倒されながら私たちは街を歩く。松葉杖の歩行にもだいぶ慣れてきたが、それでも速度はあまり出ない。でも、この街の緩やかな感じには合っている気がした。

祈さんは私の歩調に合わせながら、隣でゆっくり味わうように街を眺めている。

「見てみなさいよ、メグ。中央広場よ」

「うわ、やばっ」

港を出て少し歩くと街の中心部となる大広場に出る。

中心に高い時計塔があり、時計塔の上に大きな鐘が吊《つ》るされているのが見えた。

雰囲気や街の構造はラピスの街に似ているが、規模はアクアマリンの方が一回り上だ。

よく見ると、広場自体が日時計のような造りになっているようだった。広場の東西南北にそれぞれ文字が描かれており、それが時間を指し示しているらしい。時計塔は自身でも時を刻みつつ、日時計の針の役割も果たしているのだろう。

「それにしてもバカでかい鐘」

「魔鐘《ましょう》ね」

「魔鐘？」

「世界遺物《アーティファクト》の一つよ。アクアマリンの守り神とされる伝説の魔女が作ったって言われてるの。観光名所の一つね」

「へぇ、売れば高いのかなぁ」

「あんたすぐ金勘定するのやめなさい」

あれだけのサイズだ、きっと売れば一生遊んで暮らせるだろう。この世の権力をすべて私のものにしてもなおあまりあるほどの財が転がり込むに違いない。

そうなれば美少年を侍《はべ》らし、街を一望できるタワーマンションを買い、ワイングラスをくゆらせながら夜の街を見下ろそう。足元にはコーギー犬とポメラニアン。夜の街を見ながら、私たちは寄り添う。

「本当にキレイな顔だね。あ、ダメよ、ワンちゃんが見てる。構うもんか、僕はもう我慢できない。あぁ～ん、だっめぇ～ん」

「キモ……何独り言言ってんの……下顎吹き飛ばすわよ」

「暴言がすぎる」

やいのやいの言いながら、広場を抜け、市場を抜け、大通りに沿って歩く。

と、右手側に大きく美しい建物が見えてきた。ガラス張りの建物で、空を反射して青く染まって見える。

世界最先端の病院、アクアマリン総合病院である。

「ようやく着いたわね。いやー、結構歩いたわ。メグ、体力は大丈夫？」

「あいにくフィジカルには自信がありましてね。今は空前のフィットネスブームらしいですし、時代は筋肉っす」

「あんた魔女よね？」

アクアマリン総合病院は、港町アクアマリンに存在する大病院だ。世界中の名医や研究者が集まり、そこで治療薬や医学療法の治験を行っている。

設備も最新、技術も先鋭。

まさしくこの世の医学会の第一線をいく病院だ。

この病院の最大の特徴は、魔法医療が発達しているということ。つまり、魔法を医療に取り込んだ最新鋭の治療が研究されている。

薬学に魔法の技術が取り込まれるなど、魔法と医療は親和性が高い。しかし魔法に対する差別や偏見、医療と魔法の知識を並行して持つ難度の高さから、まだまだ普及していないというのが現状だ。

その中で、アクアマリン総合病院で魔法医療が発達している最大の理由は一つ。

七賢人の一人『生命の賢者』が所属していることにあった。

魔法と医学の高い知識を持った『生命の賢者』は、言わば魔法医療の先駆者だ。魔法を交えた新しい医療技術を数多く考案し、困難だった病気の治療法を見つけ出した。

多くの人の命を救ってきたからこそ、魔法協会は彼に栄誉の称号『生命』を渡したのである。

「さすが魔法と調和した施設だわ。相変わらず中の魔力調整も完璧ね」

「医療設備もかなり整ってるって観光ガイドに載ってましたよ」

「あんた観光する気満々じゃない」

「へへっ、そりゃあこんなリゾート地に来たからにはね。据え膳食わぬは乙女の恥」

受付でコンタクトを取ると、それほど時間もかからず中へ通された。事前にアポイントは取ってあるものの待遇が良い気がするのは、恐らく祈さんがいるおかげだろう。七賢人の名は伊達じゃない。

関係者専用の中枢棟に入り、奥へと進んでいく。外来患者がいた診療棟とは違い、ここでは白衣の医者や看護師が慌ただしげに動き回っていた。

「やっぱスタッフの数が多いですね」

「多いだけじゃないわよ。ここにいるスタッフは一人一人が名のある医療従事者なんだから。米国の第一線で活躍してた研究者、紛争地域で医療ＮＧＯとして活動してきた腕利きの医師、一流大学病院の看護師。選び抜かれたスタッフだけがここに配置されてんのよ。世界中の医療従事者にとっては、ある意味で最終目標地点とも呼べるのかもね」

なんだかすごいスケールの話だ。田舎町でお花をいじっていた魔女がこんな場所に来て良いのだろうか。そして私の目の前で話すこの足の臭い女は、そんな場所のトップゲスト扱いされるような人なのか。

「あんた何か失礼なこと考えてない？」

「ご冗談を」

歩いていると、向かい側から小さなおじいさんが近づいてきた。医者らしからぬ白いひげをたくわえており、ニコニコとした表情からは他のスタッフには感じられない余裕が漂っている。

白衣を着ていることから医者であることは間違いないのであろうが、その緊張感のない姿を見た私はこう思った。

徘徊老人だと。

「祈さん、病室を抜け出した方が白衣を着て立ってます」

「何言ってんの。あれはこの病院の院長よ」

「へっ？」

あれが世界最高峰の病院の院長？　私が目指した、富と、名誉と、権力を得た存在があの田舎《ラピス》にいそうな白ひげハゲ頭……？　ラピスの市長もハゲてるし、ハゲってそんなすごいのか？　私も出家してガンジス川の僧になるか？　そして宇宙の真理を悟り、私は伝説となる？

一人呆然としている私を尻目に、祈さんは院長に手を振る。

「院長、久しぶりね。元気してた？」

「元気いっぱいじゃよ。遠路はるばるよく来なすった。そちらの娘さんは……」

「魔女のメグ・ラズベリーです。七賢人の一人、永年の魔女ファウストの弟子です」

「やっぱりそうか。お前さんが……」

私を見つめた院長は、何故か懐かしそうに目を細めた。初対面の相手にする顔ではない。不思議に思っていると「院長、この子のこと知ってるの？」と祈さんが尋ねた。

「あぁ、存じておるよ。ファウスト様のことも、メグ……お前さんのこともな」

「えっ」と祈さんと同時に声を上げた。予想外の返答だ。

「私たち、どこかで会ったことありましたっけ？」

「そうじゃのう、どう話したものか……」

院長はしばらく私の顔をジッと見つめると「やはり……話すべきじゃろうな」と目を瞑った。

「奥で詳しく話をしよう。今から十数年前、わしがお前さんの治療をした時のことをな」

私は、静かに息を呑む。

十数年前。私の両親が死に、お師匠様に預けられた頃。

目の前の老人は、その頃のことを知っている。

「魔女メグ・ラズベリー。ここはお前さんが幼い頃治療を受けた場所。お前さんにとっては『始まりの場所』とも呼べるかもしれんのう」

◯

私は幼い頃、両親を失い、孤児となった。

どういう経緯でそうなったのかはわからない。

ただ、父親も母親も事故で亡くなったとは何となく聞いていた。

当時のラピス市長が孤児だった私をお師匠様に紹介し、私はラピスへとやってきた。

それ以上のことは知らなかったし、誰も教えてはくれなかった。

そしてまた、私自身も知ろうとしていなかった。

だって私には帰るべき家があって。

親代わりのお師匠様がいて。

大切な友達や、ラピスの人たちがいて。

それだけで、十分だったから。

院長室で来客用の席に座り、私と祈さんは院長と対峙する。

「そう言えばジャックは？　姿が見えないけど」

「ジャックって生命の賢者ですよね」

「そう。あんたを治療する張本人」

「あやつは今、訪問診療に出とるよ。この辺りは外に出られない老人も多いのでな」

「呼んどいて不在とはふてぶてしい野郎だ」

「ま、医学界の第一人者なんだから、田舎の小娘に構ってる暇なんてないわよね」

「なにおう」

生命の賢者の動向は気になるが、今はそれどころじゃない。先程の話を問い詰めねば。

「それで院長、どういうことです？　私が昔、ここで治療を受けてたって」

「ほっほ、まぁそう慌てなさんな。ほれ、お茶でも飲んで一息つきなさい」

こっちのテンポをいちいち崩してくるじいさんだ。少しイライラしながらも、焼き菓子の甘い匂いには逆らえず差し出されたクッキーをつまみ、紅茶をすする。

「うんまっ！　信じられないくらい美味い！」

「あらほんと。あんたのクッキーより美味いんじゃない？」

「事実だが人に言われると腹が立つ」

美味いだけじゃない。どこか懐かしい味がする。遠い昔に食べたような、そんな味が。

「近くに看護師たち御用達《ごようたし》の焼き菓子店があってのう。よかったら後で寄ってご覧」

「うーむ、お師匠様へのお土産にでもするか」

クッキーに舌鼓を打っている私を見て「覚えとらんか」と院長は言った。

「そのクッキー、実はお前さんも昔、口にしておるんじゃよ」

「私が？　懐かしい味だと思ったけど」

「お前さんがここに入院した時じゃ。わしはまだ、昨日のことのように覚えておるよ」

○

ある夜のことじゃった。痣《あざ》だらけのお前さんを連れて、一人の魔女が病院を訪ねてきたんじゃ。

魔女ファウスト様じゃった。

「どうなされましたか、こんな夜中に」

「どうしてもこの子を助けてほしい。助けられるのは、この病院だけだ」

「未来視でそう出ましたか……」

ファウスト様は無言で肯定した。

メグの体には、全身に奇妙な痣が走っていた。魔力の汚染痕じゃった。

お前さんは重度の魔力汚染にかかっておったんじゃ。

今ではもう少し猶予があるが、当時の医療技術では魔力汚染率が六割を超えるとステージⅣという段階に入り、助かる見込みはなかった。

お前さんはステージⅢの終盤。まさしくギリギリの状態で運ばれてきたのじゃよ。あと少しでも遅れていたら、完治は無理じゃったろう。

体内に蓄積された魔力を抜く作業は、今でも困難を極める。当時はジャックもおらんかったからのう。治療にはずいぶん苦労したよ。

お前さんが峠を越えるのに、三日三晩かかった。

その間、ファウスト様は一歩たりともお前さんのそばから離れることはなかった。朝も夜も、物も食べず、眠ることもなくお前さんを見つめ、見守っておったんじゃ。

そして、お前さんの体内の魔力をようやく浄化し終えた時。

「この子だけでも助かって本当に良かった……」

ファウスト様は、涙を流して喜んでいらっしゃった。あとにも先にも、ファウスト様が涙を流したのを見たのはそれきりじゃ。

「ファウスト様、この子は一体？」

「魔力災害の被災者さね。この子の生まれ故郷は魔力の放出に巻き込まれたのさ。私が駆けつけた時には、すでに辺り一帯は全滅。生存者はこの子だけだった」

「では、この子の両親も……」

ファウスト様は静かに頷いた。

「この子の完治にはどれほどかかる？」

「まだ正確にはわかりません。しかし奇跡的に魔力がスムーズに抜けてくれています。上手くいけば半年ほどで完治が見込めるかと」

「ならもう一つ、頼みを聞いちゃくれないかい？」

「何でしょう？」

「この子を連れてきたのが私だということは秘密にしておいてほしい。そして孤児として魔法協会の養護施設に預けるんだ。名前も知らない魔導師が身元不明の急患を運んできた。アクアマリン総合病院からの通達ならスムーズに通るだろう」

「構いませんが、一体何故です？　隠すことなどわざわざ――」

するとファウスト様は静かにお前さんの頬に触れた。

「魔法協会には私が関わっていたことを黙っておいてほしい。真実は私が墓まで持っていく」

「しかし、この子の両親のことはどうしたものか……」

「魔力汚染の事実も隠したい。事故で死んだとでも伝えておいておくれ」

ファウスト様はそうおっしゃられた。


「あの時の子が永年の魔女の弟子になったとは風の噂で耳にしておった。ファウスト様は墓まで持っていくとおっしゃられていたし、お前さんのことはずっと誰にも言わんでおったが……今日、大きくなったお前さんを見て、やはり話すべきだと思ったよ」

院長は少し寂しそうな表情を浮かべる。

「魔法協会はアクアマリン総合病院とは懇意にしておったから、疑うことなくお前さんを預かってくれた。わしもその後調べたが、魔力災害は世界中で起こっていてな。お前さんがどの国の子で、ファウスト様が何故そこにいらっしゃったのか、わからないままじゃった。ただファウスト様にとって、お前さんが特別な存在であることは明らかじゃ」

院長の話は、にわかには信じがたかった。

あのお師匠様が涙を流すなんて。

それも私のために、嬉し涙を。

「メグ、大丈夫?」

祈さんが心配そうに私の顔を覗き込んでくる。

私が魔力災害の被災者だったこと。

私の本当の故郷がもうこの世には存在しないこと。

真実を隠してお師匠様が私を引き取ったこと。

そんな話を突然されても、まるで実感が湧かない。

でも、一つ気付いたことがあった。

もし私の呪いが魔力災害によるものだとしたら、私は自分の出生について知る必要がある。

これまで気にしていなかったが、何か大切なことが隠されている気がした。

結局、一通り話し終えても生命の賢者は戻ってこなかった。

祈さんと院長はこの後、新薬に関連する会議が控えているそうだ。流石に私が会議に参加するわけにはいかないので、必然的に別行動を余儀なくされる。

「街を見て回るって、あんた本気？　一人で大丈夫なの？」

「病室なら別途用意するがのう」

「これくらい余裕ですって。いつもこの状態で家事やってんですから」

「怪我人に家事させるってあんたの師匠どうなってんのよ……」

呆れる祈さんをよそに、院長は一枚のメモを手渡してきた。

「なんすかこれ？」

「ジャックの家の住所じゃよ。街を見て回るなら、寄ってみるが良いじゃろう。仮眠しておるかもしれんからのう」

どういう勤務体系なんだろうか。仮眠だなんて、私と会う約束を忘れてるんじゃないだろうな。疑念を抱きながら私は二人と別れた。

病院を出ると、潮風の匂いがつんと鼻をついてくる。

海からはずいぶん距離があるはずだが、街中を巡る水路が港町を実感させた。

「あぁ、日差しがぬくいなぁ」

先程の時計塔のある広場に来て、私は太陽の暖かさを全身で感じる。

よく見ると広場に刻まれた時計盤の文字は、見覚えのある英数字表記の他に見たことがない刻印も記されていた。いや、文字だろうか。魔法で使うような魔術文字にも見えるが、こんな種類は知らない。

「うーん？　何だこの文字」

「それは偉大な魔女様が描いたものじゃよ」

不意に近くの老人が声をかけてくる。

「かつてアクアマリンを守った魔女様はイタズラ好きでな。このような落書きを、街のいろんな場所に描いていたんじゃ。これはそれを再現しておる」

「害悪行為やんけ……。偉大な魔女って、どう偉大なのさ」

「昔アクアマリンはとても災害が多い街じゃった。魔女様はそのアクアマリンを救ったお方なのじゃよ。あの祝福の鐘に魔法を込め、大規模な津波や地震が来た際に鐘を鳴らせば、街を守る結界が生まれる。そうやって、何度もこの街を救ってきたと言われておるの」

「へぇ、そうなんだ」

だから魔鐘というのか。何となく合点《がてん》がいく。

「じゃあ今も災害があったら、あの鐘を鳴らすの？」

「何千年も経っとる。鳴らそうとしてもくすんだ音しか鳴らん」

「修復しないの？」

「無理じゃよ。何せ伝説の魔女が作った魔鐘じゃからのう。これまで何人もの魔導師が修繕を試みたが、とうとう叶わんかった。今ではアクアマリンのシンボルじゃ」

「ふーん、もったいないなぁ。でもそれじゃあ、災害が来た時に街を守るものがないんじゃ？」

「災害と言っても、ずっと昔のことじゃからのう。今ではとんと起こっておらん。言い伝えによると、かつて大きな津波が地形や海流を変えたことが原因と言われている。数千年に一度規模の巨大な津波がアクアマリンを襲ったんじゃ」

「それも偉大な魔女が助けてくれたの？」

「そうじゃよ。でなければ、この街は今頃存在せん」

そして魔女が使った鐘は魔鐘として街の人々から親しまれるシンボルになったわけだ。

あれだけ素晴らしい鐘だ。今まで七賢人にも修理が依頼されただろうけど、それでも直っていないということは本当に無理なのだろう。

そんなことを考えていると、不意にクイクイと誰かが私の袖を引いた。目をやると、見覚えのある小さな女の子が立っており、私の顔を見てパッと花を咲かせるように笑みを浮かべる。

「やっぱり！　メグちゃんだ！　ママー！　メグちゃんがいる！」

少女が近くにいた母親らしき人を呼ぶと、母親は驚いたように口を手で押さえた。

「嘘……？　メグさん？　どうしてここに？」

その顔を、私はよく覚えている。

ラピスの街にいた母娘《おやこ》のメアリとジルさん。

かつて悪魔の生贄に捧げられた二人との再会だった。

○

オシャレな音楽の流れる、小ぢんまりとしたカフェのカウンターに私は座っている。

「ごめんなさいね、娘が無理言って」

「いいえ、お構いなく。私も、久々に二人に会えて嬉しかったんで」

ここはアクアマリンにある小さな喫茶店。ジルさんの実家が営んでいるお店だそうだ。古びた店内はそれだけ長く街の人から愛された証拠でもある。

カウンターの奥では、ジルさんの父親のマルコさんが作業していた。ちょうど店の忙しさも落ち着いた頃合いで、店内には常連客らしき人が数名と私たちしかいない。

「それにしてもまさか二人と偶然会えるなんて思いませんでしたよ。アクアマリンにいるのは知ってたから、会いに行こうとは思ってましたけど」

「私もビックリしました。まさかメグさんとこの街で会えるなんて」

すると「メグちゃんはどうしてこの街にいるの？」と、カーバンクルを抱きかかえたメアリが隣の席から尋ねてきた。

「怪我の治療だよ。ちょっとヘマして足折っちゃってさ。お師匠様のツテで七賢人の人に治療してもらうことになってんの」

「ひょっとしてジャックさんですか？　生命の賢者の」

「やっぱ有名なんですね」

「それはもう！　昔からこの街でたくさんの人を救ってきた人ですから。街の誇りです」

どうやらジャックはアクアマリンの人々に相当親しまれているらしい。七賢人としてだけでなく、しっかりと街に根付いた魔導師なのだろう。

ジャックは魔法業界では珍しい男性の魔導師だ。

魔法業界では、活躍するのは主に女性となる。女性の方が高い魔法適性を持つからだ。内在する魔力が強く、魔力を知覚する能力にも優れている。一方で男性は全般的にこの能力が低い傾向にあるらしい。実際、七賢人も七名中五名が女性で構成されているし、魔法の世界は本来女性社会なのだ。そこに男性が割って入るには、当然相当の努力が必要になる。

だからこそ、七賢人に属した男性は魔法使いの領域を超えたと認められ、その称号に『賢者』が与えられるのだ。

ジャックがここまで街の人に慕われるのは、それだけたくさん努力をしてきたからに違いない。

その証拠に、今も現場を離れず街を回っているのだから。

考えていると「メグさんはどこか行く途中だったんですか？」と尋ねられた。

「あぁ、実はちょうど七賢人のジャックの家に行くつもりだったんですよ」

「病人なのにわざわざ？」

「あいつ、約束すっぽかしやがったんです。今宵《こよい》私はクレーマーとなる」

「それは大変ですねぇ」

「あはは、メグちゃん約束破られてる。おもしろーい」

「人の不幸を笑うな」

私がメアリを睨んでいると、ジルさんがレモンティーの入ったカップをテーブルに置いてくれた。

「でも、それなら、ここにいればわざわざ向かう必要ないかもしれませんね」

「どういうこと？」

「だって彼は――」

ジルさんが何か言いかけたその時、不意に奥からガタンと何かが倒れる音がした。

驚いて私たちが奥を見ると、先程まで元気に作業していたマルコさんが胸を押さえて苦しげにうずくまっていた。

「お父さん！」「おじいちゃん！」

メアリとジルさんが、ほぼ同時に悲鳴のような声を上げた。私も慌てて駆け寄る。

マルコさんは額から冷や汗を流しながら、苦しげな表情を浮かべていた。

「お父さん、大丈夫!?　お父さん！」

ジルさんが揺さぶるも、マルコさんの苦しそうな呻き声は止まらない。

私は突然のことに、何をすれば良いのかわからなかった。

「そうだ、救急車……！」

慌ててポケットからスマホを取り出していると、店の奥から一人の少女が姿を現した。

「あまり動かさないで」

はっきりとした、芯のある声だった。

歳は私と同じくらいの子だ。優しい顔立ちに、真剣な表情。ショートヘアに強い瞳。

「ジルさん、容態は？」

「ココちゃん……それが、突然苦しみ出して。私どうしたら良いのか」

「とりあえず意識はあるから大丈夫。酷い汗……。タオルと、一応水も」

「用意してきます！」

「メアリも手伝う！」

ジルさんとメアリが言われるがまま動き出す。すごい、一瞬でこの状況を収めてしまった。

普通の女の子なのに、指示を出すその姿は妙に頼もしい。

ジッと見ているると視線を感じたのか、ココはニコリと笑った。

「大丈夫、きっと何とかなります」

その言葉は自信に満ちていた。いや、確信しているようにも見える。

どうしてそんなふうに思えるんだろう。不思議に思っていると、不意に店の入り口が開いた。来客か、今はそれどころじゃないのに。

「お客さん？　ちょっと悪いけど、今はそれどころじゃ――」

立ち上がった私は、そこでぎょっとして言葉を失う。

いかつい顔の男がそこにいた。

着崩した医療スクラブ、ゴツゴツした腕、ジャッカルのように鋭い眼光。

マフィアだ、マフィアが攻めてきた。

「何故マフィアがここに……？」

そうか、この店は借金があるに違いない。そして奴は取り立て屋。今日中に元金の一割を返す約束なのに、店主はちっとも顔を出さない。仕方がないからこの店まで取り立てに来たのだ。そして借金を返せないならこの店は間もなく取り壊されてしまう。

適当に考えた割にはリアリティあるな。

すると、先程のココという女の子が声を上げた。

「お父さん、良かった！　こっちこっち！」

「何だ？　急患か？」

「お父さん！　コレが!?」

ビックリしすぎて声が裏返る。

そんな私の言葉を気にする様子もなく、男はカウンターをくぐって中に入ってきた。

「容態は？　どうなってる？」

男はココに目を向けるも、彼女は首を振る。次は私に顔を向けてきた。

「わかんないけど、突然胸が苦しいってうずくまっちゃって」

私の言葉に「脈か……」などとブツブツ呟きながら、男はマルコさんの触診を始めた。

人差し指と薬指、二本の指でマルコさんの胸部をトントンと叩いて音を聞いている。聴診器もないのに、それで何がわかるというのだろうか。疑問を抱いていると、男は忌々しげに舌打ちをした。

「チッ。おい、じいさん。また俺の薬飲み忘れただろう」

「うぅ……一日くらい大丈夫かと思って……」

「それを決めるのはお前じゃない、俺だ。ったく、バカ野郎が」

男がマルコさんの胸部を二本の指で何度か叩くと、次第にマルコさんの表情は穏やかなものになっていった。

「ほれ、治ったぞ。ったく、これに懲りたら医者の許可なく薬を抜くんじゃねぇよ」

「えっ？　治った？　二本の指でトントンしてただけじゃん！」

「こいつのはただの不整脈だ。心臓に働きかけて内部の電流を正した」

「はぇー、すげぇ」

以前何かの書物で読んだことがある。確か心臓の脈動は電気信号でコントロールされているんだ。不整脈は、心臓内部の電流に異常が出ることで生ずるものらしい。それをこの男はあの数秒間で治してしまったのだ。あのわずかな時間でそれだけのことをしたというのか。

私が感心していると、男は立て続けに私の足をジロリと見て、ギプスで固められた私の足を掴んだ。

「うひゃあ!?」

驚いて思わず生娘みたいな声が出た。いや生娘ですけど！

男はギプスをなぞるように手を滑らせると、そのまま膝上から太ももまで触れてきた。

「ふん、こっちは全治二ヶ月ってとこだな」

「なななな、なぁー!?」

「ちょっとお父さん！　触診するならちゃんと断って！」

「大丈夫だ、これくらい」

「華の乙女の柔肌に無断で触り散らかしといて何が大丈夫じゃゴラァ！」

私がブチ切れていると「どうしたの!?」とジルさんが慌てた様子で戻ってきた。

「ものすごい叫び声が聞こえたけれど、お父さんに何か……」

「よぉ、ジル。お前からも親父《おやじ》に言っとけ。薬はちゃんと飲めってな」

ジルさんは、私の横の男を見てすべてを察したように安堵《あんど》の表情を浮かべた。

「良かった。来てくださったんですね……ジャックさん」

彼女は男のことを『ジャック』と呼んだ。

私の乙女の柔肌を蹂躙《じゅうりん》したこの男はジャック・ルッソ。

後に私の人生を変えることになる七賢人、生命の賢者との出会いだった。

○

色々なドタバタがようやく収まって一息つき、店内はすっかり落ち着いていた。

こってりと説教を食らった店主のマルコさんは奥で休み、今はジルさんがお店を回している。

静かな空間の中に、まるで地獄を塗り固めたかのような気まずいテーブルがあった。

そのテーブルでは私が男にメンチを切っていた。

今にも相手を狩り殺そうとする私の獣の眼光を、奴は物ともしない。だが乙女の柔肌に無断で触れた罪が許されると思うな。

私たちの席にはココも同席している。彼女はジャックの隣に座って、気まずそうに笑みを浮かべていた。

「ええと、改めてご紹介します。この人は私の父で『生命の賢者』ことジャック・ルッソ。私はその娘のココ。このお店でアルバイトをしてるの。……ほら、お父さんも挨拶して！」

「あのファウストの弟子と聞いてたからさぞかし冷静沈着な奴だと思ってたんだがな。師匠と違って弟子の方はずいぶんと感情的だな、メグ・ラズベリー」

「何で私がメグってわかったのさ」

「足の骨折った、娘《ココ》と同い歳くらいの魔女って言ったらお前しかいねぇだろ」

「うぅむ、確かに」

流石に観察眼が鋭い。いや、私が鈍いだけなのかもしれないが。

するとジャックはふぅ、とため息を吐いた。

「いいか、お前はな、今医療業界じゃちょっとした話題になってんだ」

「話題……？　私が？」

「そうだ。現在深刻な問題になっている魔力汚染は、汚染の進行度が八割を超えるとステージVという最終段階に入る。近年の医療技術の進歩でステージⅣまでは対処できるようになったが、ステージVは助からないと言われていた。だが先日、世界初の治療成功事例が生まれた」

「それって、ラピスセレナのこと？」

ジャックは頷く。

「世界で魔力汚染に苦しむ患者は百万人以上いる。そのうちの一割はステージVに至って死ぬ。もし、お前が魔力汚染を治療させる明確な方法を持っていたとしたら、間違いなく歴史に名を刻むことになるだろうな」

百万人……。その話の規模に、思わず息を呑む。

自分のしたことが、そんなすごいことだなんて思いもしなかった。

「俺は七賢人になる前からずっと医療活動を行ってきた。たくさんの命を救ってきたが、救えないものの方が多かった。その代表格が魔力汚染だ。自然治癒が難しく、治療方法も限られていて、尚《なお》且《か》つ効果が薄い。まさしく、史上最悪の病の一つなんだよ、魔力汚染は」

「お父さんはアクアマリンの医師だけど、世界中の被災地や戦場を回って医療活動も行っているの。医療の届かない地域に足を運んで、たくさんの人を助けて、たくさんの人の死を見てきた」

「メグ・ラズベリー、俺が生涯かけて追い求めてきた答えを、お前は持ってる」

「その割には約束破って病院にいなかったじゃん。病人をこんなに歩かせてさ」

「歩いたのはお前の勝手だろ。時間に関しては悪かったな。この島には俺を必要とする患者が山ほどいる。お前のために事前に待機するような時間はないのさ」

「謝ってんのか喧嘩売ってんのかどっちじゃい……」

「お前の治療の話が病院に来た時、チャンスだと思ったよ。だからお前の担当医に俺が志願した。俺の技術があれば、その骨は一、二週間程度で完治できる。その間、お前には俺の調査と実験に付き合ってもらうからな。それで治療費はチャラだ」

「まぁ、別に良いけど……」

私の協力一つで百万人もの人を助けられるのなら断る理由は特にない。

それに少し下心のある話だが、もしそんなにたくさんの人を助けられたとしたら、その人たちの涙を使って命の種を生み出すことだってできるかもしれないじゃないか。

治療した人たちが流す、千粒の嬉し涙の結晶を。

私は、密《ひそ》かに震えていた。生き残れる可能性が明確に提示された気がしていたからだ。

余命があと半年ほどだとしても、生き残れるチャンスは十分にあるのかもしれない。

その道を歩むのは決して容易《たやす》くはないが、目の前にあるのだけはわかる。

「とにかく、明日はみっちりお前を検査させてもらう」

「検査って、怪我の？」

「それもあるが、併せて魔力検査も行う。死にかけのオークの樹を桜に転生させる。基礎魔法術式は祈が構築したと聞くが、内容はそれほど特殊なものじゃなかった。お前に妙な特異体質がなければ、汚染の治療には再現性があるということになる」

「なるほどねぇ、特異体質か……。私は目の魔力が強いけど関係あるかな。あっ……」

そこで、一つ懸念事項が思い浮かぶ。

他の誰もが持っていなくて、私だけが持っている特殊な条件。

死の宣告があるじゃないか。

私の様子に、ジャックは訝しげな視線を向けてくる。

「なんだ？　他に心当たりでもあんのか？」

「あの……ジャックは人の病気を見抜くことができるんだよね」

「全部じゃないがな。未知の病気でも体内魔力の流れがおかしくなるから割と気付ける」

「じゃあ、私の体でおかしいところは？」

「右足の複雑骨折、ほぼ完治してるが全身に打撲と細かな切り傷。地味に尻の打撲が酷いな」

「うぐ……」

まさかそんなところまで見抜かれているとは。恥ずかしかったから誰にも言わなかったのに。

「それから、目の魔力が強いって言ってたのに関係するんだろうが、目に不自然な魔力の流れが生まれているのも気になる」

「不自然？」

「生まれ持っての体質じゃないってことだ。体の構造が何かのきっかけで変異した痕跡がある」

もしかしたら先程院長が言っていた私の魔力汚染の事故と関係するのかもしれない。だとするなら、私の目の魔力が強いのは実は病気の後遺症なのか。

「そこまでわかるのはすごいね。さすが七賢人……」

その凄まじさに思わず息を呑む。ジャックの技術は本物だ。彼なら、私の呪いの正体も解き明かすかもしれない。私ははやる気持ちを抑えて彼に尋ねた。

「それ以外に変な場所は？」

真剣な顔で覗き込むと、気圧されたようにジャックは身を引いた。明らかに困惑している。

「頭だ。脳が手遅れだ。人格形成に異常をきたしている」

「ぶっとばすぞ」

どうやら世界一の名医にも私のこの呪いは見抜けないらしい。

顔に出してはいけないとわかっていても、思わず落胆してしまう。

「他に悪いところでもあんのか」

「まぁ、おいおい話すよ」

私たちはまだ出会ったばっかりだ。それに、ジルさんやメアリやココがいる場所で、いきなり余命の話をするわけにはいかない。

歯切れの悪い私をジャックはしばらく眺めていたが、やがて立ち上がった。

「この話はここまでだ。俺はあのくたばり損ないのジジイを病院に連れていって、そのまま午後の仕事がある。お前と祈と話す時間は……今日は難しそうだな。悪いが明日に回す。ココ、お前はバイト終わったらこのクソ生意気な魔女の相手してろ」

「うん、わかった」

「ちょちょちょい待ちんしゃい！　病院戻るなら、私も一緒に――」

立ち上がろうとすると「バカ言え」と無理やり座らされる。

「怪我人は医者の言うこと聞いとけ！　明日、朝一で俺が連れていくまでお前は留守番だ！」

「あっ！　待たんかいコラァ！」

ジャックは言うや否や、さっさと店の奥に引っ込んでしまった。マルコさんを連れて、そのまま裏口から出るのだろう。取り付く島もないとはこのことを言う。

「ちくしょー」

私が呻いていると「ごめんね」とココが頭を下げる。

「お父さん、ああ見えて優しいんだ。きっとメグちゃんのこと、気遣ってるんだと思う」

「うん……」

それは私自身が一番よくわかっていた。だってさっき立ち上がれなかったのは、ジャックに座らされたからじゃない。足に力が入らなかったからだ。

今朝から飛行機や定期便を乗り継いで、病院まで歩いて、そこから街を回って。

普段でも疲れるような距離の移動だ。骨を折った状態の私にとってはかなりの重労働だったらしい。肉体疲労が酷く、思っている以上に体に疲れが出ていた。

そんな私の疲れを、ジャックは見抜いていたのだ。

全部見抜かれていたことが妙に癪《しゃく》だ。

「私の仕事が終わるまでしばらく待っててね。ジルさんに頼んで何かケーキ持ってきてあげる」

「うん、ありがと……」

「じゃあその間メグちゃんは私とお喋りね！」

どこからともなくやってきたメアリが、私の対面に座ってにっこりと微笑んだ。

○

「また来てくださいね、メグさん」

「メグちゃん、バイバーイ」

「完治したらまた来るね」

私たちがジルさんの店を後にする頃には、私の体力もすっかり回復していた。

ココに連れられジャックの家へと向かう。街はすっかり夕暮れ時だ。

オレンジ色に染まった空は美しく、まだ陽が沈みきっていないのに早くも星が瞬き始めている。

吹き抜ける風は涼しく、どこか潮の匂いをはらんでいた。私の肩の上でカーバンクルが気持ち良さそうに目を細めている。

アクアマリンの夕暮れ時は、ラピスとはまた雰囲気が違う。空が広く見えるのだ。一面が海だからかずっと遠くまで見渡せるし、夕陽が世界を包む感覚は一層強くなる。

「私の故郷のラピスでは夕暮れに鐘が鳴るんだけど、この街は鳴らないんだよね」

「うん。生まれてずっとこの街で暮らしてるけど、鳴ったのを聞いたことないよ」

「偉大な魔女がなんやらってやつだっけ。街のじいちゃんに聞いた」

「魔女テティスだね。アクアマリンの守り神様だよ。あの鐘にはテティスの力が今も眠っていて、この海の街アクアマリンを見守ってくれてるって言われてるの」

「ロマンチックだなぁ」

そう遠くまで歩かないうちに、目的の家が見えてきた。

アクアマリンの院長からもらった住所の場所だ。

「ただいま」

ココに付いていく形で家に入る。七賢人の家だからさぞかし豪邸なのだろうと思っていたのだが、普通のレンガ造りの一軒家だった。

中は木材と漆喰《しっくい》でできていて、海辺の家っぽい雰囲気がある。ダイニングキッチンとリビングが一つになっており、そこまで広いわけじゃないが天井が高いから広々として見えた。

家の大きさだけなら、まだ私とお師匠様の魔女の家の方が大きいだろう。まぁ、私たちの家には数百匹以上の使い魔がいるわけだが。

「メグちゃん、ご飯作るからリビングでくつろいでて」

「あ、お構いなく」

帰りに買った食材を片しながら、ココがかいがいしく働く。その様子を物珍しげにカーバンクルが眺めていた。

将来良い嫁になりそうだ、などと値踏みしているとふと棚に置かれた写真が目に入った。

三人の人物がカメラに向かって笑顔で立っている。

ジャックと、まだ幼いココ、そして最後の一人は……母親だろうか。

どこかココの面影がある。

「それ、私のお母さん」

写真を見ているとココが話しかけてくる。

「もうずっと前に死んじゃったけどね。魔力災害に巻き込まれて汚染されたんだ」

その言葉に、私は静かに息を呑む。

「お父さんは、お母さんを助けようとした。でもできなくて、お母さんは駆除の対象になった」

「駆除……」

魔力汚染に遭った人が最終的にそうした扱いを受けることは私も知っていた。でも、こうして実際に家族が被害に遭った人の話を聞くと、想像以上に生々しく感じる。

「仕方ないんだ。魔力汚染でステージVになると、人は人でなくなるから」

ステージVの話を聞いて、ラピスにいた御神木の精霊セレナの姿が思い起こされる。美しい少女の姿をしたセレナは、顔が歪み、髪の毛が抜け落ち、皮膚もボロボロになっていた。

魔力汚染のステージVは、精霊だけでなく人間すらもあんな状態にするのだろう。

「お母さんは安楽死だった。最後に薬を打ったのは、お父さんなの」

写真を見る限り……いや、今日出会った様子からもわかる。ジャックはとても思いやりが深い人だ。その彼が最愛の妻を手にかけた。どれだけ辛い決断だったのか想像がつかない。でも、きっと他の誰でもなく自分自身でやりたかったのだろう。

「お父さんが魔力汚染の治療に力を入れるようになったのはそれからかな」

「ココのお母さんみたいな人を出さないようにしているんだね」

「どうだろ……私は違うんじゃないかって思ってる」

「違う？」

「私には、死に場所を探しているように見えるんだ」

「死に場所って……」

思わず言葉を失う。最愛の娘の言葉ではない。

「危険な場所に行って、危険な目に遭って、ボロボロで帰ってくることも少なくない。人を治療しに行ってるのに、本人の方が怪我してることだってある。あえて自分の身をすり減らしているように見えるの」

彼女の中には、どんな感情が渦巻いているんだろう。

困惑する私に気付いたのか、ココはパッと表情を明るくした。

「ごめんね、変な話しちゃって。メグちゃんって話しやすいっていうか、飾ってないからついつい本音が出ちゃう」

「それは私の生まれ持っての魅力だけど」

「謙遜しないんだね……」

なんと声をかければ良いかわからない。でも、これだけは言っておいた方が良いだろう。

「私はさ、まだジャックのことも、ココのこともあんま知らないけど……、でも、こんな可愛い娘を一人置いて死ぬほど愚かな人じゃないって思うよ」

「そうかな。そうだと良いな」

ココは、どこか淋《さみ》しげに笑みを浮かべた。

○

世界一の名医は死にたがり。

そんな下らない歌のタイトルみたいなフレーズが、頭からこびりついて離れない。

私はどうしたらいいんだ。

「うーん、どうしようもないからせめて財産だけは私に……富……名声……権力……私はメグ・ラズベリー……世界を股にかける女……にゃむ」

「なんつー寝言言ってんだコイツは……。おい起きろでくの坊」

ぎゅむ……と頬をつねられる。

「あだだだ！　あだ！　ふぁに《何》!?　ふぁに《何》ふ《す》ん《ん》の《の》!?」

私が飛び起きると呆れた顔のジャックが私を見下ろしていた。

「朝だ起きろ。俺は忙しいんだ。準備したらさっさと行くぞ」

「朝って、今何時……」

時計を見ると八時を指しており、私の顔は青ざめた。

「あわわわ、やばい寝坊だぁ。お師匠様に殺される！　朝食準備して小動物たちにご飯用意してゴミ捨てやら洗い物やらやった挙げ句に森の植物の世話して朝の座学やって瞑想《めいそう》やってなんやらかんやら」

「お前は修行僧か……。ここはラピスじゃねぇ。いいかげん目ぇ覚ませ」

「そう言えばそうだった」

昨日は病院に帰らずジャックの家に泊まったんだっけ。客間がないからリビングで寝させてもらったんだ。そして、思った以上に疲弊していたらしい私は爆睡をかましたのだった。

「あ、祈さんに連絡するの忘れてた……」

「心配ない。どのみち後で合流する」

「そなの？」

顔を洗おうと体を起こすと、ココがキッチンで慌ただしくしていた。

「あ、おはようメグちゃん！　起きるの早いね！」

「これでも三時間寝坊しとりますんや」

「えっ……？」

「おいココ、俺のシャツは？」

「洗濯機の上！」

ココは叫びながらも手を止めない。どうやら朝食を作りながらお弁当を作っているようだった。コンロでスクランブルエッグを作り、トースターでパンを焼きながらサラダを盛り付けつつお弁当用のサンドイッチも作っている。とにかく動きにそつがない。フィジカルが強いタイプだなというよくわからない分析をした。

「ココちゃん、将来的にうちの嫁に来る気はない？」

「えっ、嫌だけど……」

「嫌か……くそ」

ココといい、フィーネといい、器量の良い少女は何故私を拒むのか。

私が二秒でフられていると、シャツを着たジャックがリビングに戻ってきた。ジャックの様子を見たココは、すぐさま「もう！」と声を張り上げながら彼に近づく。

「お父さん、だらしない！　ほら寝癖残ってる！」

「すまん……」

その甲斐甲斐しい姿はまるでホームドラマに出てくる父娘《おやこ》そのものである。

「あれだけ厳しいマフィアみたいなおっさんでも、娘には弱いんだなぁ」

「バラバラにされたいか？」

「お父さん、それじゃあ私、学校行くから！　メグちゃんとお弁当食べてよ！　じゃあいってきまーす！」

バタバタと音を立てながらココは出ていった。まるで嵐だな。

「元気いっぱいだね。毎朝こうなの？」

「あぁ、もうずいぶんと長い間こんな調子だ」

「お母さんが早くに死んだって聞いたけど」

「ずっと父娘二人三脚で暮らしてきた。母親によく似て器量良しの娘に育ったよ」

自慢の我が子を語るジャックの表情は、どこか優しい。

目元に愛情が宿っているのが、何となくわかった。

「そんなココちゃんもいつか彼氏を連れてくるんスよ、旦那」

「ふん、別に心配してねぇよ。大丈夫だろ、ココが選んだ男ならな」

「もし変な男だったら……？」

「無事に島を出れるよう祈るんだな」

目元に殺意が宿っているのが、よくわかった。


朝食を済ませるとタクシーを使って病院へと向かった。

すると、アクアマリン総合病院の入り口に見覚えのある女性が一人。

「祈さん、おはようございます」

タクシーから出てきた私を見て、祈さんは目を丸くした。

「メグ、あんたどこ行ってたのよ!?　連絡もしないで！」

「すいません、心配させて」

「いや、別にしてない」

「心配して」

いつものやり取りをしていると、支払いを終えたジャックもやってくる。

彼を見た祈さんは「よっ」と旧友に向けるような仕草で挨拶した。

「ジャック、久しぶり。前の式典にはいなかったわよね？　となると、前回の賢人会議以来？」

「さてな。もう昔すぎて覚えてねぇよ」

「数ヶ月しか経ってないわよ」

「そんなことより、頼んでたものは持ってきたのか？」

ジャックの問いに「当たり前じゃん」と祈さんは頷く。

「薬効強化の新薬。昨日病院に納品しといたわよ」

「助かる。副作用はどうなった？」

「何度か臨床試験したけど、副作用はなかったわ。調整に苦労したんだから」

「色々苦労かけるな。祈、例のラピスの精霊樹の件、お前も一枚噛んでるんだろ？　メールじゃ不十分だった点がある。話聞かせろ」

「別に良いけど、それが人に物頼む態度なの？」

「高い報酬出してんだ。金額に見合った仕事はしてもらう」

「やれやれね。いい歳してんだから、もう少しレディの扱いを心得なさいよ」

「レディって歳かよ」

「ははっ、確かに。祈さん、それは無茶ですって。厚かましいのも大概にせよ」

「あんたら殺す」

話をしていると、病院から女性が一人姿を見せた。若い看護師だ。

「ジャック先生、おはようございます。昨日おっしゃってた通り準備しておきました」

「おぉ、悪いな。二人に紹介しておく。看護師のテレスだ。アクアマリンの医療スタッフで、俺の助手もしてくれている」

「テレスです。以後お見知りおきを」

ジャックに紹介されたテレスさんは頭を下げた。「よろしく」と気さくに祈さんが声をかける。

昨日病院に来た時にも何度か見かけた人だ。長い髪の毛を後ろで束ねた、二十代後半くらいの大人びた優しそうな人。院長の部屋でお茶を出してくれたのを覚えている。

落ち着いた雰囲気の人だと思ったけれど、ジャックの助手だったのか。

「院長先生が中でお待ちです」

「じゃあ行くか」

テレスさんの案内で病院の中に入ると、検査室のような場所に通される。ガラス越しに大きな器具が見える部屋で、中に入ると見覚えのある老人が立っていた。この病院の院長である。

「院長、おはようございます」

ジャックが神妙な表情で挨拶した。今までの様子からは考えられない丁寧な対応だ。立ちふるまいから、院長への敬意が感じられる。このマフィアみたいな七賢人にそこまでさせるほどの人物なのだろうか。キレイなハゲ頭を観察しながら私は首を捻《ひね》った。

「おはようジャック。ＣＴの準備はとうにできておるよ」

「ありがとうございます。じゃあ始めるぞ、メグ・ラズベリー」

「始めるって何を？」

「お前の治療に決まってんだろうが」

そう言えばそうだった。私はこの島に怪我の治療に来たのだ。色々あってすっかり忘れていた。

七賢人が二人に、世界最先端の医療施設の長が一人。

考えてみれば、私は今とんでもない場所にいるのかもしれない。


こうして私の精密検査が始まった。

とんでもない臨床試験でもされるかと思ったが、されたのはただのCTスキャンだった。

「骨が折れてるな」

「ホント、キレイに折れてる」

「ほっほっほ、折れとるのう」

「んなもん見たらわかるわい」

世界有数の医療権威者どもが揃《そろ》いも揃ってでくの坊みたいな発言しかしない。

「もう少し何か言うことはないのかね？　例えば私の知られざる能力とか、覚醒して最強になっちゃうみたいな」

「骨の検査でそんなことわかるかよ。まぁ、複雑な折れ方はしてないから、俺の魔法治療と祈の薬で治癒効果を高めればすぐ治るだろ」

「気になってたけど、骨折ってそんなすぐ治せるの？」

私が疑問に思っていると「大丈夫じゃ」と院長が答えた。

「ジャックの魔法は肉体の回復力を高める。全治半年の複雑骨折を、一ヶ月で完治させたこともあるくらいじゃ」

「へぇー、すんごい」

「メグ、あんた感謝なさいよ。生命の賢者と英知の魔女の治療なんて、本来はどこかの国の要人でもなきゃ受けられないんだから」

「つまり私は要人だった……？」

「違う」

レントゲン画像を眺めていると「次はこっちだ」とジャックが車椅子に座らせてきた。

「怪我は大したことないとがわかったから、魔法医療棟行くぞ」

「えぇ？　忙《せわ》しないなぁ。次は何なの？」

「魔力の検査だ」

「魔力の検査……？」

私が驚いて祈さんを見ると、祈さんは静かに頷いた。

「呪いのこと、何かわかるかもね」

するとジャックと院長が怪訝な顔をする。

「呪い？　こいつ呪いにかかってんのか。まぁ、かかっててもおかしくないとは思ってたが」

「それ以上はいけない」

「メグ、まだ呪いのことジャックに話してないの？」

「何かタイミング掴めなくて……」

「それはもしかして、魔力汚染の後遺症かのう？」

「わからないけど……そんなことってあるのかな？」

私が尋ねると、ジャックは顎に手を当てた。

「魔力汚染は様々な症状を引き起こすからな。あり得ないということはない」

やはりそうか。

十八歳で死ぬ呪い。お師匠様は、その呪いを「病気のようなもの」と言っていた。

私が幼い頃、魔力汚染で生死の境をさまよったのだとしたら、その時生まれた魔力の変異が呪いとして形になったとしてもおかしくはないんだ。

「もしお前の呪いが魔力汚染による後遺症なら、検査すればわかるかもしれねぇ。とにかくまずは調べるぞ」

「うん……」

心臓がドキドキしている。緊張しているのがわかった。

魔法医療棟は、魔法を用いた治療を行っている場所だそうだ。

こうした魔法医療の施設を用意している病院は滅多にない。

魔法医療を専門とする魔導師が、この世に数えるほどしかいないためだ。

「ここなら魔力による汚染や、体の変質もある程度は調べられる」

「ある程度は？　完全にじゃなくて？」

「魔法医療ってのはまだまだ発展途上でな。特に魔力が原因の病気は特定が難しいんだ」

「それが呪いという曖昧模糊《あいまいもこ》なものじゃと、ますます特定は難しいじゃろうなぁ」

「でも、お前がもし何らかの呪いを受けていて、それが体に害を与えてるっていうなら、目以外にも何か異変が生じてる可能性は十分ある。調べて損はねぇはずだ」

「わかった」

採血をした後、先程とは別の機械で全身をスキャンされる。

体内の魔力に働きかけるものらしく、スキャンされている間、体がビリビリする感覚がした。

それを終えたら、診察室で簡単な魔法テストをする。

「このガラスケースの中に酸素が入ってる。その元素に働きかけて詠唱で火を起こしてみろ」

「えっ？　うん」

私はガラスケースに向き直る。

考えてみれば、ラピスセレナの一件以降、魔法を使うのは久しぶりかもしれない。

「理よ　我が声を聞け　魔力を以《もっ》て　語りかけん　恵みの光　ここに生み出せ」

魔法を詠唱すると、それまでにはない不思議な感覚が私の中を駆け巡った。

魔力の流れの他に、今までに見えなかった力が存在するのを感じる。

何だろう、これ。手を伸ばせば触れられそうな気すらする。何とか動かせないだろうか。

私はそっと、その力に働きかけるつもりで詠唱を続けた。

「理の奇跡を　火と成し　光と共に　熱を　我らに　与えよ」

すると『ボンッ！』というとんでもない音と共に炎が爆《は》ぜ、机の上のガラスケースが跳ねた。

思わぬ威力に全員が仰《の》け反《ぞ》り、膝の上で寝てたカーバンクルも飛び起きる。

「バカ、強すぎだ！　詠唱コントロールもできねぇのか！」

「強化ガラスじゃなかったら割れてたわね。危なかった」

「何で？　普段通りやっただけなのに……」

いや、正確にはいつも通りじゃなかった。さっきのあの不思議な力の感覚。あの感覚を意識して魔法を詠唱したら、段違いの威力が出た。

「メグ、あんた何節で魔法発動できんの？」

「何節って、普通に十二節ですけど」

「十二節でこれなら、もっと弱くてもいいわね。詠唱を短くしてみたら？」

「詠唱を短くって言ってもなぁ……」

ダメ元だけど試しに一節で唱えてみるか。

私はさっきの感覚を意識しながら、もう一度ガラスケースに手をかざし、唱える。

「炎よ」

すると——

ボッ

そんな音と共に、目の前のガラスケースに炎が生まれるのがわかった。

それは私にとって、信じられない光景だった。

「嘘……」

「ほう、なかなかやるな、メグ・ラズベリー」

「短くてもいけると思ってたけど、まさか一節での魔法発動なんてね。相当修練を積んだ魔女でも難しいわよ。あんた成長したわね」

私の驚きをよそに、ジャックと祈さんが感心したように頷く。

「あり得ないですよ。だって私、ついこの前までは十二節唱えないと何もできなかったのに……」

そもそも、魔法の詠唱を一節短縮するには十年以上の修行が必要と言われている。私はこの短期間で十一節の呪文を短縮しているから、単純計算で百年分以上に相当する成果を得たことになるだろう。

天才魔女ソフィじゃあるまいし、そんなことできるのか。

天才？　そうか、私は天才だったのか。

「ついに目覚めてしまったのか、私の隠された才能が……」

「またなんか言ってる」

「バカはすぐに図に乗るな」

「なにおう」

でも私に一体何が起こったんだろう。

疑問に思っていると「才能か……」とジャックが呟いた。

「ま、確かに才能かもしれねぇな」

「どういうこと？」

「お前、今朝言ってたろ。朝起きて飯作って瞑想して魔法の勉強してるってな。それって、普段から常に絶え間なく何かやってるってことだろ」

「まぁ四六時中ってわけではないけど、おおよそは？」

「ファウストを始めとする七賢人の技を見て学び、自主的に魔法の研究を進め、実践で魔法を使い……そんな日々をずっと続けてきたわけだ。お前の中にはたくさんの種があったんだよ。努力で培ってきた種が。それが何かのきっかけで一斉に芽生えたんじゃねぇか。そういう話は、意外とどの世界でもあるからな」

「あんたマグロみたいに泳ぎ続けないと死んじゃうタイプだからね。休みもなくずっと努力し続けられる人間なんて普通はいない。でも、あんたはそれをしてた。その歯車が今になって嚙み合い始めたって感じなんでしょ」

「努力なんてしてたっけな……？」

私が心から疑問に思っていると、祈さんとジャックが顔を見合わせた。

「まさかこの子、努力を努力と思ってないタイプ？」

「ファウストに朝から晩までこき使われすぎて強制的にネジが外れてんのか……。どんな教育してんだあいつ……」

「人は地獄にいるとこうなるのかもしれないわね……」

「あの、褒めてるのかけなしてるのかどっちかにしていただきたいのだが」

でも、私の中で今までのいろんな経験が才能の種になっていたのだとしたら。

それらが芽生えるのは何がきっかけになったんだろう。

「あっ……」

先日のラピスセレナの件だ。命がけで行動したことが、私の中の魔法の感覚を変えたのだとしたら。ジャックの言っていることは、恐らく正しい。

実際、今日久々に魔法を使って、私の魔法に対する感覚は変わった。魔力とは別の、異なる力の流れを感じるようになっていたのだ。その正体はまだわからないけど、あれは私が成長したことで感じ取れるようになったものなのかもしれない。

「メグ・ラズベリー、お前が二つ名をもらったばかりの新人魔女だとは聞いている。ただ、もうそのレベルじゃねぇ。その気になれば、すぐにでも独り立ちできるだろうよ」

「本当に？」

「本当よ。それも、第一線に立てるわね」

祈さんは、私の顔を見て笑みを浮かべた。

「あんた、もう一流の魔女を名乗ってもいいのよ、メグ」

私が一流の魔女としての実力を身につけているだって……？

もちろん知識はまだまだ足りていないし、学ぶべきことはたくさんあるのだろうけど、七賢人の二人が言うならたぶん間違いないはずだ。

すごいし、誇らしい気持ちになりたいのは山々だが――。

突然免許皆伝を言い渡された気がして現実味が湧かない。

困惑する私を放って、ジャックは話を進める。

「とにかくこれで魔力検査は以上だな。だが……」

「結局、呪いについてはわからないの？」

「あぁ。特に特筆すべき変化は見られなかった」

「マジか……」

この島での治療は私にとって大きな生存の可能性を秘めていただけに、落胆は隠せない。

そんな私を見て、ジャックは困ったように頭を掻いた。

「なぁメグ・ラズベリー。俺はわかんねぇんだが、お前さんのかかっている呪いってのは、結局どんなものなんだ？」

「私が話すわ」

気を遣ったのか、祈さんが口を開く。

「この子はね、死ぬのよ。あと半年で」

「はぁ？　死ぬ？」

「そう。老衰でね」

「老衰だぁ？」

ジャックが怪訝そうな表情を浮かべる。

「おいおいおい、冗談はよせよ。こいつの検査結果見ただろ？　足の骨折以外、健康そのものだったぞ」

「それでも、私は死ぬんだ。余命一年の死の宣告の呪いで。十八歳を超えると、私の体内時計の制御が外れ、通常の千倍の速さで老いていく。お師匠様は、一ヶ月で百歳老いるって言ってた」

「だからこの子は、延命のために『命の種』を作ろうとしてるのよ」

「命の種か……ファウストもそれを飲んでるんだったか。ありゃ妙な代物だな」

「見たことあるの!?」

思わず声が出た。

ジャックは平然と頷く。

「治療の参考になればと思ってファウストを検査したことがある。人の怪我を癒やし、肉体の老化を防ぐ魔法物質だからな。その秘密を暴ければ、魔力汚染はおろかほぼすべての怪我や病気にも対処できるかもしれねぇ」

「で、結果は……？」

ジャックは首を振った。

「とんでもない生命力の塊、としか言いようがないな。種と言われるだけあってあれは心臓に根を張って共存する代物だ。心臓に『寄生してる』状態が近いだろう」

「それって、生物ってこと？」

「いや、生き物ですらない。エネルギーの結晶体みたいなもんだ。鉱石とかのイメージの方が近いかもしれねぇ。ただ、人間の命と同じ性質を持っている。あえて言葉にするならば、あれは脳や心臓の代替にもなるし、人間の回復能力を数千倍にまで活性化させることもできる代物だ。魔力とは違うエネルギーを感じたな。得体の知れねぇ代物だと思った。まさしく魔法物質だな。当然今の医療や科学で再現するのは無理だった」

私の言葉に祈さんは「そりゃそうよ」と口を挟む。

「歴史上でも命の種を生み出した魔導師は数えるほどしか確認されてないんだから。ほぼ神話物質よ。この街の魔鐘と同じような世界遺物《アーティファクト》に近いわね」

「不老不死の実現以外だと、北米地方の精霊樹の森があるな。古い魔女が命の種を使った結果、森の木々が精霊樹になったんだったか」

「それも神話みたいなものだけどね。人を不老不死にする、荒廃した大地を回復させる、新たな生命を生み出せる。とにかく、いろんな噂があるのが命の種なのよ。そして、魔女ファウスト、魔女エルドラ、賢者ベネットはその種の効果を実証する生き証人。一般的な魔導師からしたら『生きる伝説』よ」

「ふぇぇ、すんご」

お師匠様はそんなすごい人物なのか。もはや信じられない気持ちしかない。

命の種がそんなに凄まじい種ならば、さぞかし高額で取り引きされるだろう。

「メグ、あんた何か良からぬこと考えてないでしょうね」

「えっ？　いや別に？　おぉ、カーバンクルちゃんはかわいかわいでちゅねー」

「キュウ……」

カーバンクルのお腹に顔をうずめる私を眺めながら、ジャックは複雑な表情を浮かべる。

「未だに呪いっていうのはよくわからんな」

「世界一の名医でも？」

「病気と呪いは別物だ。性質も、原理も、何もかもがまるで違う。病気には実態があるが、呪いには実態がない。呪いはあくまで魔法の一種だからな」

「そっか、そうだよね」

「呪いは習得に時間も労力もかかる技術だ。失敗すれば呪い返しを食らうこともある。そんな遠回しなことをするくらいなら、銃でも使う方がよっぽど効果的だろう」

「今の時代に呪いなんて使う魔女はエルドラくらいのものよ」

「なるほど」

それならますます、私の呪いが人為的なものではなく、自然発生したものである可能性が高くなってきた。

魔力災害は魔力が集まりすぎたことで生ずる災害の総称だ。高濃度の魔力が気体の塊になって動植物を汚染することもあれば、集まった魔力が魔法を自然発生させることもある。そうした現象をひとまとめにして魔力災害と呼んでいる。

私の体はかつて高濃度の魔力に侵された。

その時体内を蝕んだ魔力が、魔力災害と同じ原理で私の中に呪いを生み出したのだとしたら。

私が知らず知らずのうちに『死の宣告』の呪いにかかっていたことも納得ができる。

「私が呪いにかかっているのを見抜いたのは、お師匠様とエルドラだけだったな」

「古い世代の魔導師は、そういうのを見抜く手段を持ってたりもするからね」

「それなら、あいつも知ってるんじゃないか」

「あいつ？」

「あぁ」

ジャックは私の顔を見て言った。

「世界最長老の魔導師にして、魔法の始祖。『始まりの賢者』ベネットだ」

始まりの賢者ベネット。

この世の魔法史の一番最初に出てきた魔導師。七賢人にして世界一の魔法使い。

魔法という技術を最初に発明したのは彼だと言われている。

今もまだ生きており、この世のどこかで魔導師として世界を巡っているが、一般人がその姿を見ることは滅多にない。たまにテレビの特集で見かけるくらいだ。

「確かに、私の呪いについて知っている可能性があるとするなら、呪いを専門にしてる魔導師か、ベネットくらいなもんだけど……。会おうとして会えるもんなの？」

「無理だな」

「無理ね」

祈さんとジャックが同時に言う。

「あの偏屈じいさんがどこにいるかなんて、魔法協会の会長ですら知らねぇよ」

「唯一無二、故に自由。あれだけのんびり活動してても許されるんだから、羨ましいわ」

「もうちょっと協力的なら色々スムーズなんだけどな」

はぁ、と二人がため息を吐く。世界の高みに君臨する七賢人という組織にも色々あるらしい。お師匠様はそういうのをおくびにも出さないから、何だか新鮮だった。

すると検査室のドアをノックして、いつの間にか姿を消していた院長が中に入ってきた。

「ジャック、次の準備ができたぞい」

「じゃあ行くぞ、メグ・ラズベリー」

「お次は何の検査？」

「検査はもう終わりだ。次は俺の仕事を手伝ってもらう」

「仕事？」

ジャックは頷いた。

「魔力汚染の治療実験だ」

◯

私と祈さんが連れてこられたのは、厳重なロックがされた特別医療棟だった。

「ここは隔離施設でな」

「隔離施設？」

「特に重病の患者だけを集めた病棟なんじゃよ」

「ここには重度の精神疾患の患者や、魔力汚染患者が入院してるんだ。正直、回復見込みが低い患者も多いが、その治療研究もこの施設の役割だ」

「へぇ、色々やってるんだなぁ」

さすが世界最先端の病院施設といったところか。

「でも、なんでその隔離施設に私を？　はっ!?　まさか私を隔離するとか？」

「騒がしいから隔離したいくらいだがな」

「しないで」

「お前をここに連れてきたのは、魔力汚染患者の治療方法を探るためだ。ラピスの街に生まれた精霊樹ラピスセレナ。その樹木の転生を、今度は人で再現可能か確認する」

「それってつまり……」

すると車椅子が突然止まる。

「着いたぞ」

そのジャックの声に促されるように、私は左側にあるガラスの向こう側に目をやり。

絶句した。

そこにあったのは、一面がガラス張りの部屋。

その向こう側に、一人の少女がいた。

右手と左足が奇妙に発達し、筋肉が皮膚を突き破り、むき出しになっている。

骨はいびつに歪み、口は左右に大きく裂け。

一見して獣のような、怪物のような、そんな存在がそこにいた。

肌はボロボロに変色し、髪の毛は抜け落ち、それでも微かに人の面影だけは残っている。

「よく見とけ。あれが魔力汚染患者の最終段階、ステージVの姿だ」

落ち着いた声で、ジャックは話す。

「ステージVに至った患者は、人間と呼べるかどうかも怪しくなる。理性は消え、まるで動物のように本能だけで行動する」

「いつじゃったかのう……どこかの国のお偉いさんが、ステージVの患者を『魔物』と呼んで騒動になったんじゃ」

「見慣れてないと、そう呼ぶのも無理はないかもしれねぇけどな」

「惨いわね……あんな状態でも生きてるだなんて」

祈さんが悲壮な表情で言と「そうだな」と、ジャックはその言葉を肯定した。

「でも、俺たちはこの子を助ける方法を探らなきゃならねぇ」

「この子、ずいぶん落ち着いてるみたいだけれど、暴れたりはしないの？」

祈さんの問いに、ジャックは頷いた。

「この部屋には特殊な魔法式が組んであってな。中からは破れないようにしてある。体内の魔力の流れも緩やかになるから、暴れる心配もない」

「魔力汚染患者の活動レベルは、魔力の活性化状態に起因しておるからのう。魔力を抑えておけば、暴れる心配はないんじゃよ。もっとも、汚染は進んでいくから、あくまで一時しのぎでしかないがの」

「汚染レベルが十割を超えた時、魔力は器から溢れ出し、その患者は絶命する。ある者は体を破裂させ、ある者は変質する体に体内器官が耐えられず、百人が百通りの死に方をする。そんな最悪の病が、魔力汚染のステージVだ」

なんでもなさそうにジャックは言うが、言葉の奥には彼がかつて経験した痛みが見え隠れする。

目の前の少女を助けたいと願うのは、彼がただ世界一の医者だからってだけじゃない。

「さっきからずいぶん落ち着いてるな、メグ・ラズベリー。もっと騒ぐもんかと思ったが」

「最初は驚いた。でも、わかるから」

「わかる?」

目の前の少女の姿は、私が見た御神木の精霊セレナの姿と重なった。

美しい姿をしていた白い色彩の精霊。彼女が魔力汚染を受けた時、その姿は醜く歪み、魔物となった。絶対に助けられるはずがないと思わせる、絶望を身にまとった姿だった。

だけど、違う。

「私にはわかるんだ。あの子は治せる。元の姿に戻せるって」

私が自信満々に言うと、しばらく皆は唖然とした顔をしていたが。

「プッ」

やがて、誰かが吹き出した。

「あんた、どっからその自信出てくんのよ」

そう言って私の頭を撫でたのは、祈さんだった。

「でも、あんたが言うと何だかできる気がするから不思議よね。嫌いじゃないわよ」

「ほっほっ、メグはいつでも元気じゃのう」

「この子、それだけが取り柄だからね」

「祈さん……それって褒めてんですか？」

「一応ね」

「一応……」

心が死んでいく。

「でもいくらメグの魔法に可能性があると言っても、いきなり人体での臨床試験は無茶じゃない？何か考えでもあんの？」

祈さんの言葉にジャックは「あぁ」と言うと、ポケットをまさぐり出した。

「こいつを使う」

ジャックが取り出したのは、ネズミだった。白いネズミ。実験用マウスというやつだろうか。

「やだ、そんなの直《じか》で持ち歩かないでよ。病院なんだから」

祈さんが顔をしかめた。

「滅菌室で育ててんだから特に害はねぇよ。大人しいもんだ。こいつはハツカネズミでな。広い分野で、薬品試験や菌の感染実験に使われる」

「それで、そのネズミをどうすんの？」

尋ねた私に、ジャックは頷く。

「こうすんのさ」

するとジャックは、ポケットから小さな紫色の鉱石を取り出した。

その石には見覚えがある。魔力鉱石だ。

ジャックが魔力鉱石を差し出すと、なんとネズミはその石を食べ出した。すると、白かったネズミの毛が突如として淀《よど》み、色が黒ずんでいく。

予想外の光景に、私と祈さんは息を呑んだ。

「なんじゃこりゃ……。石食べてる」

「魔力鉱石は脆《もろ》い物質でな。ネズミに差し出すと、餌と勘違いして食っちまうのさ。魔力鉱石を体内に取り込むと汚染が進む。明日にはステージⅤになるだろう。そこに魔法をかける」

「なるほど」

私が感心していると、ジャックが意味深な視線を向けてくるのがわかった。

「お前は、平気なんだな」

「何が？　どういうこと？」

「動物を被検体にするのに、もっと抵抗を示すと思った」

ジャックはどこか気まずそうな顔をする。恐らく、娘のココのことを思い出しているのだろう。

ココと私は同じくらいの年代だし、彼なりに気を遣っているのがわかった。

確かに私くらいの歳の女子に動物実験の話をするのは憚《はばか》られる。

でも私は違う。そんな生半可な気持ちで、今までやってきたわけじゃない。

「医療現場だし、ある程度のことは覚悟してるよ。私だってそれなりに修羅場は乗り越えてる」

私はにっこり笑うと、膝の上にいたカーバンクルをつまみ上げた。

「それに、魔法の実験なら使い魔で何度もやってるしね」

「お前の主人どうなってんだ」

「キュイ……」

ドヤ顔をした私を見たジャックは、どこか呆れたように緩やかな笑みを浮かべると、カーバンクルをそっと撫でた。気持ち良さそうにカーバンクルは目を細める。

君、いつも私以外の人に撫でられる時は嬉しそうだね？

私が睨んでいることを気にもせず、ジャックはそっとガラスの向こう側にいるステージVの少女に目を向けると、小さく呟いた。

「これで助かると良いけどな……」

それは、どこか遠くを見るような、慈しむような視線で。

彼の中にある、過去への複雑な感情が漏れ出ているのが感じられた。

○

その日から、私の骨折の治療と魔力汚染治療の研究が始まった。

午前中は右足の治療を受けつつ軽いリハビリ。

午後からは祈さんやジャックとマウスを用いた転化魔法の実験。

当たり前だけど、そんなに言うほど暇でもなかった。といっても、ラピスにいた時よりはマシだけど。

リハビリを終えると、いつもジャックはあの少女のところへ向かう。

決まって私も付き添うようになっていた。

「今日も元気そうだな」

室内で少女に話しかけるジャックをガラス越しに見つめる。

「明日は今日以上に暑いらしい。ここ最近は海風が強くてな。お陰で洗濯物がすぐに乾くんだ。波の音がたまに聞こえるだろ？　アクアマリンの海は透明だから、きっと見たら驚くぜ」

ジャックは毎日のように、あの少女に声をかけていた。話すのはいつも、他愛もない話だ。

ちょっとした小話や、天気の話、最近体験したこと。

声をかけられた少女が答えることはない。眠っているのか起きているのかもわからないような状態で、静かに呼吸をしている。

ジャックはそっと嘆息すると、部屋を出て外から見学している私に近づいてくる。

「待たせたな、メグ・ラズベリー。祈が待ってる。研究室に行くぞ」

「もういいの？」

「ああ、今日はもう大丈夫だ」

彼は、少女が寂しくないように、あの子がちゃんと人でいられるように、何度も何度も声をかけるのだ。外見が人と遠く離れてしまったとしても、心はちゃんと人でいられるようにと。

「この研究が上手くいけばあの子は助かる。絶対に、助けてみせるからな……」

ジャックは目に強い意志を宿して、確かにそう言った。


「最高ねぇ、アクアマリンの食事は」

夜、海辺にある海鮮レストランで、私はココや祈さんと食事をする。

「海はキレイ、街も過ごしやすいし、ご飯も空気も美味しい。言うことないわね」

「嬉しいです。喜んでもらえて。私はもう慣れっこだから」

ワインを満喫する祈さんにココが微笑んだ。

アクアマリンの夜空は息を呑むほど美しい。普段は見えないような小さな星々までもが姿を現し、この空にひしめいている。

この美しい夜空を、かつてお師匠様も見たのだろうか。

そんなことを思ったが、その考えは美味すぎる魚料理の前に消えるのだった。

「それにしてもジャック、今日も仕事で来られないなんてね。いっつもこんな感じなの？」

「はい。お父さんを必要としている人はたくさんいますから」

祈さんと話すココに私は目を向ける。

「ココは、寂しくないの？」

私が尋ねると彼女はニッと笑った。

「寂しくないと言ったら嘘になるけど、『生命の賢者』の娘だって自覚してからは、覚悟はしてるよ」

「そっか……強いね、ココは」

ココからは島娘らしい快活さが感じられる。きっとこの明るさに、ジャックはいつも助けられているのだろう。

「そう言えば、まだあんまり聞けてなかったけど。ココのお母さんってどんな人だったの？」

何となく気になって尋ねた。祈さんがお酒を飲みながらこちらをチラリとうかがっている。

「どうしたの？　急に」

「聞きたくなって」

「そうだなぁ。優しい人だったよ。それからしっかりしてた。お父さん、普段は結構怖く見られがちなんだけど、お母さんには優しくてね。当時はわからなかったけど、今考えてみるとお父さんはお母さんに恋してたんだなって」

「なんか恥ずいな……」

あのマフィアみたいな男がそこまでなるのはちょっと想像がつかない。

「お母さんも元々は医者だったんだ。お父さんとは医療現場で同僚として出会って結婚したって。私は北欧にある小さな街で生まれたの。三人で静かに暮らしてた。でも私が五歳の頃、その街で大きな災害が起こったんだ。私はお父さんと一緒に先に避難できたけど、お母さんが街の人たちを助けようとして巻き込まれたの……」

「それが魔力災害だったんだ？」

頷いたココに「覚えてるわ」と祈さんが言う。

「北欧で起こった大きな魔力災害ね。現地の人や旅行者が大勢巻き込まれたって」

「はい。とにかく怖かったのを覚えてます。大きな音がして、地面が揺れて、いろんな人の叫び声が聞こえて……」

カチャッとココは手にしていたフォークを皿に置く。

「お母さんが死んでからは、お父さんはまるで魂が抜けたみたいになってしまって。そんな時に、院長先生が声をかけてくれたんです。お母さんの故郷であるアクアマリンで、お母さんが研究してた魔法医療の分野を引き継いだらどうかって」

それでジャックはわずか数年で魔法を極め、世界最高の魔法医になったのか。そして今も世界最高峰の医療技術を持つ病院に勤め、妻の命を奪った魔力汚染の治療を研究し続けている。

確かソフィが七賢人になったのは去年だ。齢《よわい》十七にして七賢人が誕生したという話は、ずいぶんと話題になっていたのを覚えている。

ジャックが七賢人になったのはその二、三年前か。

ココの話から考えると、ジャックが本格的に魔法に触れてから七賢人になるまで十年経っていないのだとわかる。下手したら、魔法に触れてから七賢人になるまでの時間はソフィよりジャックの方が短いのかもしれない。

私が四六時中努力しているってジャックは言っていたけど、たぶんジャックの努力はその比じゃなかった。

ジャックが七賢人になったのは、きっと執念だ。

「街の人もみんな親切だし、私はこの街が好き。本当のおじいちゃんとおばあちゃんは私が生まれる前に死んじゃったけど、院長先生がおじいちゃんみたいに優しくしてくれるんだ」

「歴史を感じるね。アクアマリンは私からすればメチャクチャ最高のリゾート地だけど、ココやジャックにとっては大切な場所なんだ」

「うん、そうだね。私やお父さんにとってはもう、故郷みたいなものかな」

そこで私はにんまりと笑みを浮かべた。

「そういえばココはどうなの？」

「どうって、何が？」

「ジャックが恋してたって言ってたじゃん。ココも好きな人とかさぁ？」

「えぇ……!?」

私の言葉にココはあからさまに顔を赤らめる。やっぱりいるらしい。

すると傍観していた祈さんもぐいと身を乗り出す。

「良いじゃん良いじゃん、話してみたら？　七賢人の恋愛アドバイスなんてなかなか受けられないわよ」

私は思わず「いやいや」と苦笑した。

「祈さんのアドバイスじゃ役に立たんでしょ。行き遅れとかいうレベルじゃないんだから」

「あんた永遠に黙らせようか？」

私たちがキャッキャウフフと笑い合っていると、背後にふと人の気配を感じた。

振り返ると世にもうらめしそうな顔の美少女がそこに立っている。

「……ずいぶん楽しそうだね」

「うぎゃあ！　おばけぇ!?」

「人をお化けと見間違えるとは不敬」

椅子から転げ落ちた私を、七賢人のソフィが見下ろしていた。

「ソフィじゃん！　何でこんなところにいんのよ？」

祈さんも目を丸くしている。

ソフィは気にした様子もなく「久しぶり」とマイペースに言った。

「ラピスに寄ったらズベリーが骨折って入院したって聞いたから」

「追いかけてきたの？」

「世話役が必要だと思った……」

それで遠路はるばるアクアマリンまでやってきたのか。

長い時間の船旅を乗り越えいざ到着してみたら、港のレストランで入院してるはずの本人が恋バナで騒いでいるのだから、おどろおどろしくもなるわけだ。

するとソフィを見たココは目を輝かせた。

「もしかしてソフィってあの『祝福の魔女』のソフィさん……？　どうしよう!?　私めちゃくちゃファンで！　あの、握手してください！」

「別に構わない」

ソフィはいつもの無機質な表情でココと握手すると、何事もなかったかのように私の隣に腰かけた。そっと私のギプスを見下ろし、コンコンとノックする。

「怪我の容態は？」

「えっと、そんなに酷くないから一、二週間で治るってジャックが……」

「ズベリーがここに来てから何日経ったの」

「一週間経ってないくらい？」

「じゃああと七、八日だね」

ソフィはスマホで何やら計算を始める。

「怖い怖い！　それ何の計算!?」

「私がズベリーの世話役をする間に発生する経済的損失を算出していた」

「嫌な天秤《てんびん》のかけ方すな！」

するとソフィは「冗談」と笑みを浮かべた。

「無事そうで良かった」

「ソフィ……」

私が目を潤ませていると、ソフィは目の前のメニューを素早く手にした。

「これで心置きなくレストランのメニューを制覇できる」

「切り替え早くない？」


「いやぁ、飲んだ飲んだ。いい気持ちだわぁ」

「魚料理も悪くなかった」

「あんたらちょっと満喫しすぎじゃないですか」

満天の星の下、海岸沿いの道を私たちは歩く。

昼間は賑やかなアクアマリンだが、夜は静かで穏やかだ。

波の音が夜の静寂《しじま》を際立たせ、それがまたこの街の魅力を引き立たせている。

歩いていると、不意に見覚えのある文字が目に入った。この街に到着した日に、時計塔のある広場で見かけた文字だ。それと同種のものが、丸い台座の上に刻まれている。手書き風にデザインしているらしい。

「またあった。これ街のいろんな場所にあるよね。魔女テティスの落書きだっけ」

「うん。テティスが街に描いたものを再現した記念碑なんだ。当時テティスが描いた場所まで正確に再現しているみたい。テティスは絵を描くのが好きな人で、いろんな場所にこんな文字みたいなのを描いてたんだって」

「そういえば広場のじいさんも同じようなこと言ってたなぁ。伝説の魔女はいたずら小僧か」

「あんたみたいね」

「お戯れを」

するとソフィが首を捻った。どうしたのだろう。

「ソフィ、どうかした？」

「どこかで見たことある気がする」

「この文字のこと？　見たって、美術展とかパンフレットとか？」

「覚えてない……」

ソフィは難しい顔をする。

「街の広場にも似たようなものがあるから、そこで見たとか？」

「私は港からズベリーの馬鹿げた笑い声を聞いて直接合流した。広場には寄ってない」

「隙を見ては罵倒するのやめろ」

ただ、正直言うと私も少し引っかかってはいた。

テティスがこのアクアマリンに生きたのは今から何千年も前だという。いくら偉大な魔女のものだとしても、そんな昔に描かれた落書きを大切に残したりするだろうか。

しかし祈さんは気にした様子もなく「まぁ良いんじゃない？」と言った。

「せっかく来たんだからあんまり難しいこと考えないで、ソフィもゆっくりなさいよ。どうせ良いホテル取っててんでしょ？　今からあんたのホテルで飲むわよ」

「別に構わないが私たちは未成年。未成年はお酒を飲まない。祈が一人で飲んでいるのを眺める。そういう会合になる」

「何かの宗教？」

その時の私は、まだその記念碑について真剣に考えていなかった。

◯

アクアマリンでの日々はまさしくバカンスと呼ぶにふさわしかった。

毎日楽しかったけれど、どこか落ち着かなくて。

ラピスでの忙しい日々が少し恋しくもあった。

「おはよう、メグちゃん」

「おはよ、おじさん！」

朝早く、市場にある魚屋さんのおじさんと気さくな挨拶をかわす。

アクアマリンに来て一週間が過ぎ、いつの間にか私はすっかり街に馴染んでいた。

「今日は買い物かい？」

「そう、ココのお使い。終わったら午後はまた病院だけど」

基本的にアクアマリンではリハビリと研究しかしていない。だから少しでも時間と理由を見つけては、こうして出歩くようにしていた。そうでないと籠りっぱなしになってしまう。

市場へはソフィと来たが、効率を考えて少しだけ別行動をしている。

「脚、ずいぶん良くなってるみたいじゃないか」

「まぁね。やっぱ世界最高峰の魔法医の治療はちゃいますわ」

やはりというかなんというか、ジャックの治療は本物だった。たったの数日で、思った以上に脚が回復しているのが自分でもわかる。まだギプスは取りきれていないけれど、今なら半月蹴りも三日月蹴りもカーフキックも余裕でできそうである。

それにしても。

「今日はなんか品揃え少ないねぇ？」

いつもはどれを見て良いかわからないくらいだったのに、全然魚の種類がない。

私が魚を眺めていると「そうなんだよ」とおじさんはため息を吐いた。

「最近は沖の方に出られなくてね。まともな漁ができてないのさ」

「沖に出れないって、なんでまた？」

「島からだとわからないだろうが、沖の方だと天候が安定しないんだよ。快晴かと思ったら、急な雷雨になることもある。別に珍しいことじゃないが、ここ最近は過剰だね。この前なんか竜巻が起きたって話さ」

「うへぇ、ヤバいねそりゃ」

「何事もなけりゃ良いけどねぇ。海の神様が怒ったんじゃないかって、みんな噂してるくらいだよ。天変地異の前触れじゃなきゃ良いがね」

「海の神様ねぇ……」

そういえばアクアマリンは元々災害が多い土地だったんだっけ。

「メグちゃんは、この街の中心にある魔鐘のことは知ってるかい？」

「魔女テティスが作ったやつだよね」

「あぁ。あの鐘が働かなくなってもこの街が平和だったのは、これまで大きな災害がなかったからだ。でも、あの鐘が働かない今、もし天変地異が本当に起こったらひとたまりもないだろうね」

「大丈夫だよ。だってこの島にはジャックがいるじゃん。何とかしてくれるでしょ」

「はっはっは、違いねぇ！　まぁ、そんなことは俺が生まれてこの方一度としてなかったから杞憂《きゆう》だったな！」

豪快に笑うこの魚屋さんの主人は、まさか目の前の客が何も買わずに帰ることになるとは予想もしていなかっただろう。

貧弱な品揃えの店に用はない。

〇

ジャック考案の魔法治療とリハビリを受け、午後になると魔法研究が始まる。

基本は私とジャックと祈さんの三人で行い、ソフィは私のサポートだ。

研究の内容は、もっぱらマウスを用いた医療魔法の実験である。

魔力で汚染された実験用マウスに転化魔法を使って、私がラピスの街の御神木にした状況を再現する。

しかしやはりというか何というか、そう簡単にはいかなかった。

「またダメね。魔法が発動しない」

祈さんがため息を吐き、ジャックも肩を落とした。

魔力汚染されたマウス。その中には、溢れんばかりの魔力が宿っているというのに。何度やっても、その魔力を使った転生が成功しない。

「燃やすっていう単純な作業だと上手くいくけど、魔力を生命体と混ぜ合わせて転生させるっていうのは、何というか……理屈がよくわからないわね」

「同じ哺乳類の体を別のものに変えるってことか？」

「だと思うんだけど、マウスをモルモットに転生させようとしても上手くいかなかったわよ。何か材料が足りないのかも」

頭を抱える二人を眺めていると、不意にジャックがこちらに顔を向けてくる。

「おい、メグ・ラズベリー。何か心当たりないのか」

「心当たりったって。あの時との違いって言ったら、私が死にかけているかどうかっていうことと、相手が植物か動物かってことくらいだけど……」

「植物にしか効かないんじゃ意味ないし、術者が死にかけてるんじゃ使い物にならないわね」

祈さんは無情な言葉を発すると、そっとソフィに目を向ける。

「ソフィは何か気付いたことないの？　ちょっとくらい意見しなさいよ」

急に話を振られ、魔導書を読んでいたソフィは顔を上げた。

「私には医療のことはよくわからない」

「良いから。魔力の流れとか見てて気付いたこととか。あんたそういう分析得意でしょ？」

七賢人である祈さんが意見を求めるというのは、それだけソフィの実力が確かだということなのだろう。尋ねられたソフィはしばらく考えた後、口を開いた。

「出力が足りない気がする」

「出力？」

「私もここに来る前、ラピスに寄ってラピスセレナを見てきた。元々ただのオークの樹だったラピスセレナは、何一つ欠けることなく完全に桜に転生を果たしていた」

「つまりどういうことよ？」

「今の魔法のかけ方だとマウスを完全に転生させることは難しいように思える。もっと強い出力の魔法が必要」

「全身をくまなく変異させる必要があるってわけか」

ソフィの意見を聞いてジャックが呟いた。祈さんが難しい顔で腕組みをする。

「でも元々はただの転化術式で組んでたし、これ以上強めようがないわよ」

しばし沈黙が漂う。この場にいた誰もが、良い案を考えられずにいる。

「くそっ！」

ジャックが苛立《いらだ》たしげに机を拳で殴りつけた。ドンッという大きな音に、私の肩に乗っていたカーバンクルが懐に逃げ込んでくる。

「せっかく、せっかく糸口が掴めたのに！　ここまで来て、また俺は掴み損ねるのか！」

「ジャック……」

悲痛な声は、深く考えずとも彼の過去とリンクする。

希望が見えた、魔力汚染の治療法。

その解決への道筋は、未だ光の見えない暗闇に満ちていた。

○

研究の合間の休憩時間に、雰囲気が最悪な研究室を出て私は病院の中庭のベンチに座る。

足元のカーバンクルを眺めながら風を感じていると、祈さんとソフィも出てきた。

「メグ、私とソフィで何か買ってくるけど。あんた何か欲しいものある？」

「あ、じゃあ紅茶を……」

「あんた本当紅茶好きねぇ」

「ズベリーはお茶マニア。だから頻尿」

「誰が頻尿じゃい」

買い物に出かける二人を見送り、腰につけたビンを眺める。

ここ最近は、気持ちが落ち込んだ時にこのビンを眺めるようにしていた。ビンに宿る皆の感情が、私に力を与えてくれる気がするのだ。

「何見てんだ、メグ・ラズベリー」

声をかけられ顔を上げる。

「なんだ、ジャックか。去《い》ね」

「その口縫い付けんぞ小娘」

「許して」

先程まで苛立たしげだったジャックは、私の隣に座るとボリボリと頭を掻いた。

「あー……、さっきはその、悪かったな」

「机叩いたこと？」

「お前の使い魔を驚かせた」

「別に誰も気にしてないよ。この子だって、ちょっとビックリしただけだし」

足元のカーバンクルを膝上まで抱き寄せる。

そう、この子が普段味わっている恐怖に比べたら、ジャックの怒鳴り声など屁《へ》でもないのだ。

繁殖して小遣い稼ぎをするために不特定多数の小動物との交配をさせられそうになっている普段と比べれば……。

私が邪悪な考えを浮かべているのも知らず、ジャックは興味深そうに私の手元にあるビンに目を向けた。

「感情の欠片か……」

「見てわかるの？」

「まぁな。普通の物質とは違う感覚がする。体内魔力の性質が強いな」

「体内魔力って前も言ってたよね。体外魔力と違いでもあるの？」

「ああ。自然界に流れる魔力と、人体に流れる魔力の性質は少し違う。俺はこの体内魔力を正確に読むことができるんだ。魔力の流れが滞っている場所に、病魔は存在する」

「ふえぇ、やっぱすごいね」

「この感情の欠片は、一見すると体内魔力の性質にかなり似ている。ただ、正確には魔力とは異なるエネルギー体だ。それが何かはわからねえが、いずれにせよ人間の肉体とは高い親和性を持っている。だから命の種は深く人の体に宿る」

「命の種って未だにわかってないことが多いよね」

「素材である感情の欠片ですらよくわからねえ物質だからな。そもそも、感情の欠片を集めるのにも時間と手間がかかるだろ。何より高度な技術が必要だ」

「そうなんだ……」

お師匠様があまりに容易くビンに魔法をかけていたから全然知らなかった。

「命の種は飲めば心臓に宿る。体に魔力物質が溶け、血液を循環して心臓で再構築されるイメージだ。何らかの魔法的変異が肉体に起こってるんだろうが、わかってないことが多い」

「そんなすごいものの素材がこれかぁ」

私には相変わらずただの透明な粒にしか見えない。

小さなガラスの球のような、小石のような。

ただ。

「これはさ、私にとっての宝物なんだ」

「宝物？」

「だって、私が愛したラピスの街の人たちがくれた涙が集まってるんだから」

すでにこの感情の欠片は、私にとってかけがえのない代物だった。

大切な人たちの想いがたくさん込められた、涙の結晶。

今となってはどれくらいが嬉し涙なのか、お師匠様なしにはその割合もわからないけれど。

私にとってかけがえのない人たちが示した、最高の感情表現がここにあるのだ。

お師匠様は私の持つこの涙の結晶を『清らかな涙だ』と言った。きっと、人にとって望ましい感情がないと感情の欠片は機能しないんだと思う。

「お師匠様はここから命の種を作るって言ってたけど、どうやるんだろ。涙が集まったらそのエネルギーを使うことになるのかな」

「古い呪文だと聞いたことがあるが、俺もそのあたりは専門外だ。民族魔法や、古代魔法の類に分類する。俺たちにとっては歴史だが、ファウストにとっては昔使った技術なのかもしれねえな」

「ふぅん。南米の部族の魔法とかかなぁ。シャーマニズム的な」

「さぁな。魔法を使って寿命を延ばす方法はいくつかあるが、その中でも最も効果が高く、また難度が高いって言われてるのが命の種だ」

そこで私はふと考える。

「もし涙が間に合わなかった場合、他の方法を取れば生き永らえることができる……？」

「時間稼ぎにはなるかもな。でも、老化を止める魔法や、体内臓器を保護する魔法も使わなきゃならねぇ。お前の呪いがもし本当に一ヶ月で百歳老いるものだとすれば、二、三百年程度の寿命は二ヶ月で消費されるから焼け石に水だ。長く生きたいなら、どのみち命の種は必須だな」

「なんだ……」

そこでふと考える。

「魔法で寿命を延ばせるなら、ジャックは今までたくさんの人の命を生き永らえさせてきたの？」

「治療上、それが効果的だと思うならそうした。だが……」

「だが？」

私はジャックの顔を見つめる。彼は、神妙な面持ちをしていた。

「人の運命って言うのは、簡単に歪めるべきじゃねぇ」

運命。お師匠様も似たようなことを言っていた気がする。

理を歪めるな、人の運命を歪めるなと。

寿命を迎えた人を無理やり生き永らえさせるのと、事故や怪我で死にかけている人を救うことはまるで違うんだ。何となくわかるような、わからないような。

私が彼の言葉の意味を考えていると、不意にジャックは立ち上がった。

「そろそろ戻るぞ。まだやるべきことはたくさんある」

「ふぁーい」

私はもう一度、ビンを振ってみる。あらゆる現象を引き起こせる命の種の素材となる感情の欠片。本当にこの中に、そんな凄まじい力が眠っているのだろうか。

「感情の欠片か……」

ジャックはまたも私のビンを見て顎に手を当てている。

「さっきから何さ？　何か引っかかってんなら言ってよ」

「いや、ちょっと気になってな」

「気になる？」

「今回の転化魔法……いや、正確には転生魔法か。重度の魔力汚染者の体内に存在する膨大な魔力を用いて肉体を別のものに変えちまうわけだ。体内の魔力を使い切ることで汚染された肉体を浄化できるんだろう。ただ、実際は魔法が発動しない。そこに何か欠けてるものがあるんじゃないかと思ってな」

「欠けてるって何が？」

「ソフィは魔法の出力が弱いと言っていたな。魔法の術式は合っていて魔力も足りている。なのに思った効果が出てくれない。考えられるのは、術者自身に何かが足りてないってことだ」

「何かって？」

私の顔を、ジャックはまっすぐ見てくる。

その瞳には、どこか曇りが晴れたような印象を受けた。

「例えば……感情とかな」

◯

翌日の病院で、ジャックは魔法史の本を机の上に置いた。

「昨日、メグ・ラズベリーと話していて思うところあってな」

ジャックが机の上に置かれている本を開いた。

そこには、歴史に残る数多くの偉大な魔導師の名が連なっている。

「長い歴史の中で、魔法の技術に明確な型式が生まれたのは近代から。それ以前の魔法は、古い魔法として現代魔法とは別物と考えられている」

「まぁ、常識ね。今どき学校でも教えてることだし」

「そして、現代魔法の記録に感情の研究は載っていない。つまりだ。魔法の世界ではまだ、感情の研究が進んでいないってことなんだよ」

「感情が魔法に作用するってこと？」

「古い魔法では感情が魔法の強度や威力、効果に影響したらしい。簡単な話、気持ちを込めて魔法を撃てば、その魔法は強くなるんじゃないか？」

「あっ……」

私がハッとするのをソフィは見逃さなかった。

「ズベリー、どうしたの」

「私がラピスの魔女の二つ名をもらった時、お師匠様と同じ話をしたなって」

「どういうこと？」

首を傾げる祈さんに私は頷く。

「魔法は心があって初めて完成するんです」

私がラピスで初めて嬉し涙を手にした時、ヘンディさんやアンナちゃんを想って魔法を構築したら、私が想定しているよりもずっと強い効果を生み出した。

心を込めて魔法を撃ち出す。

昔の魔女にとって当たり前で、最も大切だった技術。

するとジャックは「やっぱりそうか……」と呟いた。

「俺は今まで疑問に思っていた。魔法において、何故か命の種だけに『感情』という酷く不安定な概念が入り込んでいることに。もし人の感情にも魔力と同じようなエネルギーがあるとするなら、感情の欠片には感情エネルギーが乗っていると考えられる。これは相当強力なエネルギーである可能性が高い。にもかかわらず、感情エネルギーは現代魔法のどこにも用いられていない。これはあまりに不自然じゃねぇか？」

「感情は意図的に排除されたってこと？」

「厳密に言えば、淘汰されたんだろう。感情は不安定な要素だから普遍性がない。だから自然と消えたんだ」

現代魔法が発展したのは、科学が爆発的な進化を遂げた十七世紀と言われている。そこから魔法の立場は一気に変わった。ご近所のおばあちゃんが使う知恵袋のような存在だった魔法は、薬学・植物学・科学・物理学をも包括する技術であると考えられるようになったからだ。

それに伴い、魔導師も徐々に科学者と同じ目線で魔法を研究するようになった。

魔法に再現性が求められるようになったのだ。

同じ手順で同じ魔法を起こせないと誰もが使える技術には成り得ない。

だから感情という要素は、魔法の世界から消えてしまったんだ。

「つまり、どういうことだろう……」

私が呟くとジャックはその鋭い視線をこちらに寄せる。

「メグ・ラズベリーが引き起こした転生魔法は、古い魔法のやり方である可能性が高い。死にかけたお前が無我夢中で魔法を放った結果、そこに強い感情が宿り転化魔法は転生魔法として機能した。魔法の力を底上げしたんだ」

セレナが暴走して私が死にかけた時、意識が混濁して、いろんな記憶や想いがごちゃまぜになっていた。それでも、セレナを助けたいって想いだけはぶれなかった。

過去の記憶や想いをすべて込めて放ったのが、あの転生魔法だったのだとしたら。

ジャックの言うことは間違いじゃない。

先日、私の詠唱魔法が急に上達したことを思い出す。私はここ最近、魔力の流れの他に、もう一つ別のエネルギーの流れを感じるようになっていた。もし私が感情エネルギーを読む才能を開花させていて、それを詠唱魔法に使えるようになっていたのだとしたら。

たった一節の呪文で、魔法を完成させることもできるんじゃないだろうか。

「でもどうしてそんな古い魔法を私が使えるんだろ……？」

「メグ・ラズベリーが師事してるのはファウストだ。お前が学んだ魔法の中に、古い時代の魔法が混ざっていたとしてもおかしくないだろう」

「なるほど」

すると、祈さんがそっとため息を吐いた。

「でもそれなら、マウス実験が成功しないわけだわ。私感情の使い方なんてわかんないもの」

「お師匠様にずっと魔法を習っている私がようやく最近感情を魔法に使えるようになったって考えると、そもそも簡単に使える技術じゃないのかもしれません」

「感情エネルギーを魔法に昇華させるのに十年以上の修行がいるわけね。でもそうなったら、この研究自体振り出しに戻ったに近くない？」

「可能性がないわけじゃねぇ。原理がわかったのは大きな進歩だ。感情エネルギーが使えずとも、何かしらの方法でエネルギーを補えれば、十分現代魔法として確立できる見込みはある」

「何かしらの方法って？」

「それをこれから探し出す」

「気の長い話ね」

祈さんの機嫌は悪そうだ。するとソフィが肩をすくめた。

「祈は自分の思い通りにいかないとすぐ拗ねる。精神が幼い」

「何よソフィ。外野だからって好き放題言ってくれんじゃない。精神が幼い」

「外野から茶々を入れることほど楽しいものはない」

「この小娘……！」

ソフィと祈さんがやり合ってるのを無視して、私は腕組みした。

「術者の思い入れが大きければ大きいほど、感情の力は高まるってことかぁ」

「それも相当の修練を重ねなきゃならねぇ。だから感情と魔法の繋がりなんて誰も研究しなかったんだ」

そう言うジャックの表情は、何だか浮かないものだった。理由は、何となく察しがつく。

「ねぇジャック、あのステージVの女の子には、後どれくらいの猶予が？」

私が尋ねると「わからん」とジャックは首を振った。

「今日かもしれねぇし、半年後かもしれねぇ。だがどっちにせよ、長くないことは確かだ」

「そんな……」

その時、不意にドアが開き、看護師のテレスさんが室内に飛び込んできた。

ずいぶん慌てて来たらしく、肩で息をしている。

「ジャック先生！　大変です！　例のステージⅤの患者さんが……！」

「始まっちまったか……」

ジャックは歯を食いしばる。

それは、もうあの子に残された時間がないことを物語っていた。

○

私たちが駆けつけた時、変異は始まっていた。

口が八つに避け、白目を剥き、奇妙に隆起した筋肉は更に巨大化する。

もはや少女の面影は残っておらず、人と呼べるかも怪しい状態だった。

その姿は、精霊セレナが暴走した時の姿と如実に重なる。

「ヤバいな……魔力が暴れ出してやがる。状況はどうなってる!?」

「さっきガス麻酔薬を流したので、もうすぐ効いてくると思います！」

「焼け石に水でしかないか……」

すると院長もやってきた。

普段は穏やかなその面持ちも、今日ばかりは緊張に包まれている。

「ジャック、あの子の容態はどうじゃ？」

「最悪です。すでに魔力が細胞にまで影響している。体の中の魔力の流れがバラバラだ。止まってた筋肉の肥大化も始まってます。このままだと、心臓が潰れる」

「事態は一刻を争うというわけか……」

「麻酔はあと五分もあれば効くはずです。ただ……」

「治療魔法が完成してない」

ジャックの言葉を、祈さんが引き継いだ。

その言葉に「間に合わなかったか……」と院長は肩を落とす。

「ジャック、どうすんの？　このままだとあの子は死ぬ。治療するかどうか、主治医のあんたが決めないと」

「わかってるよ。でも助けられる確実な手段はない」

「最悪のケースを考えねばならんのう」

「あの子、親御さんは？」

祈さんの問いに、ジャックは首を振った。

「死んだよ。魔力災害でな。助かったのはあの子だけだ」

「孤児なんだ……」

かつての私の境遇と、目の前の女の子の境遇はよく似ている。

私は助かった。でも、あの子は死ぬ。この運命の違いって何なんだ。

苦しまないように見送ってあげるのか、一縷《いちる》の望みにかけて魔法での治療を試みるのか、ジャックは迷っているように見えた。

「効果的な治療法はない。延命措置もできない。できるのは、痛みを消して安らかに眠らせることか、成功するかもわからない感情魔法を使った治療を試みることくらいだ。想いの強さや対象との親密度がどれくらい関わるのかもわからない。そもそも、発動させるには古い魔法の技術が必要だ。魔力の流し方、魔法の構築方法、何より感情のエネルギーをわずかでも感じ取れる感覚が必要になる。一朝一夕でできるもんじゃない」

「この中でそれができるのはズベリーだけだね」

「でも私には、医療の知識がない……」

目の前の変異していく少女を見つめながら、私はそっと深呼吸する。

私がお師匠様に魔法を習って、嬉し涙を集めて、今ここにいること。

そこには、何か意味があるんじゃないかと思えた。

誰もが怯えた目をしていた。七賢人が三人もいて、世界最高峰の病院の院長や医療スタッフまでもが集まっているのに。誰も彼もが絶望を瞳に宿している。諦めようとしているんだ。

私は辛気くさいのは嫌いで、諦めるのはもっと嫌いだ。

「ねぇジャック。やろうよ」

ここで諦めたら、私は自分がもうすぐ死ぬということを認めてしまう気がした。運命には抗《あらが》えないなんて思いたくない。

だから私は、絶対に諦めない。

「みんなで術式を組んで。私が魔法を発動させる。ソフィも手伝ってくれる？」

「別に構わない。でもやるなら、ちゃんと指示を出してほしい。医療の分野は専門外」

「術式の構築の指示なら俺がする。ただわかってんのか？　人の命が懸かってんだぞ」

「人の命が懸かってるからだよ！　何もせず見殺しにするのは絶対におかしい！　たとえダメでも、最後までみっともなく足掻《あが》くのが医者ではないのか！」

「お前……」

「でもメグ、どうすんの？　この子の治療には感情が要る。この子に対して転生魔法を機能させるだけの気持ちがあんたにあるの？」

「私の気持ちじゃ、きっとこの子を助けられない。でも、この中で一番この子に向き合ってきたジャックの想いなら助けられるかもしれない。ジャックが私の魔法に感情を込めるんだ」

「何バカなこと言ってんだ、お前……」

「私はこの数日間、ジャックと行動してわかったよ。ジャックはどんな患者にも手抜きしない。助けたいって強い想いを、ちゃんと持ってるって」

「わかったようなこと言うな」

「わかるよ！　だってジャックは、人が死ぬのを怖がってる！」

私が言うと、ジャックは黙った。図星だったのだろう。

「ココに聞いたよ。ジャックは奥さんを魔力災害で亡くしたって。ジャックが数年で魔法医療の権威にまでなったのは、奥さんを死なせたトラウマを払拭したかったからじゃないの？」

私には、ジャックがずっと焦っているように見えた。

焦って、もがいて、必死に暗闇から抜け出そうとしていた。

「ジャックは、最愛の人を殺すことしかできなかった過去のトラウマを乗り越えようとしてるんだよね。だから誰よりも患者のことを考えて、助けたいって思ってる。そうでなければ、ジャックはとっくの昔に医者を辞めてたはずでしょ。過去の記憶から逃げ出して、全然関係ない生き方だってできたはずだよ。でも、今も向き合ってる。目の前の命から目を背けてない」

「それは……」

「ねぇジャック、最高の医者の条件って何さ。技術も人望も経験も、どれも必要だし大切だけど、それよりもっと大切なことがあるんじゃないの？　死なせたくないって想いが強いのは、最高の医者の条件だと思う。たとえその理由が過去のトラウマを乗り越えるためだとしても」

あの子を助けるには、ジャックの医者としての想いを信じるしか術《すべ》はない。

魔法だの、理論だの、感情だの、色々小難しい話をしていたけれど何てことはない。

最初から物事はいつだってシンプルなんだ。

心を込めて魔法を放つ。それだけでいい。

ジャックは何かを確かめるように、私の正面に立つ。

その瞳は先程までの怯えたものではなく、ちゃんとしっかり、医者の顔をしていた。

「お前、自分の言ってる意味がわかってんだよな」

「当たり前じゃん」

「命を扱うんだ。命を扱うってことは、人の一生を背負うことだ。冗談じゃ済まない」

「覚悟の上だよ」

「はっきり言うと、どうなるか想像がつかん。失敗すれば、あの子を死ぬより辛い目に遭わせてしまうかもしれない。一生もののトラウマをお前は抱える可能性がある。それでも良いのか？」

「それでも良い。何もしないよりは」

私は、ジャックから視線を逸らさない。

「やろうよ、ジャック。私たちであの子を助けるんだ」


少女に麻酔が効いたのを確認して、私たちは遮断された部屋の中へと入る。

部屋の外からは院長と他のスタッフが、ことの成り行きを見守っていた。

部屋に入り実際に目の当たりにした少女の姿は、思っていたよりもずっと大きく、ゴツゴツしている。筋肉が隆起し、ところどころ皮膚を突き破ってしまっていた。

まるでいびつなヒグマを前にしているようだ。

「厄介ね、体の構造がかなり変わってる。これじゃあどこに術式を描いたら良いかわかんないじゃない」

「俺が指示する。変形しているが、ポイントを押さえれば構造を見抜くのはそう難しくはない。麻酔が効くのは三十分。その間にすべてを終わらせないと、もう間に合わねぇ」

「たった三十分……」

「ボヤボヤしてる時間はないってことね。手伝いなさい、メグ、ソフィ。人海戦術でやるわよ」

「あいさ！」

私たちは早速、持っていた道具を使って少女の体に術式の構築を始めた。

どこにどのような配置で呪文を入れるかはジャックが指示し、絵筆と塗料を使って少女の全身に呪文を描いていく。本来それは私たちにとって難しいものではないはずなのだけれど、失敗できないという緊張とプレッシャーが作業を遅くした。

私たちが魔法式の構築を終えるのに二十分もかからなかったと思う。

でもその時間は数時間にも思えた。

間違ったり、間に合わなかったりすればこの子は死ぬ。

一つ一つの作業に、人の命が乗っているのを感じた。

ようやく魔法式の構築を終える頃には、私はすっかり疲弊しており、膝もガクガクしていた。

これではまるで生まれたての子鹿である。

「準備はいいか、メグ・ラズベリー」

「う、うん。一応ね」

「術式の発動が始まったらもう止められねぇ。正真正銘、一発勝負だ。お前が俺に指示を出せ……ってお前、何笑ってんだ」

「はぇ？」

ジャックに言われて、私は思わず自分の顔を手で触る。

確かに、私の顔には笑みが張りついていた。

鏡で見る。歪んだ笑みというよりは、不敵というか、何かを企《たくら》んでそうな含みのある笑みだ。

……まただ。何で私は笑っているんだろう。

ラピスで暴走したセレナを前にした時も、私は笑みを浮かべていた。

自分でも理由がわからない。

「おいおい、緊張でおかしくなったんじゃねぇだろうな。頼むぜ」

「んなわけないじゃん。変だな……」

張りついたような笑みは、自分の顔なのに上手くコントロールできない。

でも、何故かわからないが――

「こんなの、まるでお師匠様みたいじゃん」

その笑顔はお師匠様に似ていた。

いつも意地悪い笑みを浮かべる人ではあるけれども、こんな笑顔で笑ったことあったっけ。

記憶にあるような、ないような……曖昧な感覚。

「おい、ボサッとしてる時間はねぇ。やるぞ！」

「サー！　イエッサー！」

私は威勢よく返事をして持ち場へと戻る。

魔法術式に手をかざし、ふと自分の変化に気がついた。

さっきまでの足の震えが止まっている。額から流れる冷や汗も、いつしかなくなっていた。

お師匠様と同じ笑みを浮かべたら、体がすっかりリラックスしていたのだ。

「……クソババアめ」

世界のどこかにいる七賢人に向かって、私は悪態をつく。どこにいても私に影響してくるのだから、厄介な人だ。

「ジャック、私の手の上にジャックの手を乗せてくれる?」

「あぁ?　何でだよ」

「良いから」

ジャックは言われるがまま、私の手の上に自分の手を置く。

「今回の魔法の詠唱には時間をかけたいから、私は十二節で魔法を唱える。いつもよりゆっくり魔力を巡らせていくから、この子を助けたい、救いたいって強く願ってほしい」

「……それだけか?」

「それだけだよ」

「ちょっとメグ。そんなんで、本当に魔法が発動するわけ?」

「わかりません。けどね、感情がどうとか、想いがどうとか、親密度とか、古い魔法とか、ちょっと複雑に考えすぎてたなと思うんですよ」

お師匠様から習った魔法は、確かに智恵を必要とする。

でも、難しい技術や、複雑な理屈を求めるようなものじゃない。

「お師匠様の魔法はシンプルですから」

心を込めて魔法を放つ。必要なことは、きっとただこれだけだ。

「世の理を巡る力よ」

私は、静かに呪文を唱える。すると少女に描いた魔法式が仄《ほの》かな輝きに満ち溢れるのがわかった。

実験ではあれだけやっても、発動すらしなかったのに。

祈さんとソフィとジャックが、静かに息を呑むのがわかる。

「我が声を聞け　その力を以て　ここに我が想いを　形にせよ　万物を動かし　世を変え　理を導き　望む新たな姿をもたらし　彼《か》の者の想いを叶えよ　ここに祝福をもたらせ」

一節一節丁寧に呪文を口にする。やろうと思えばセレナの時みたいに一節で発動することもできただろうけど、それはしない。魔法の術式のコントロールをより正確にするために、私は十二節で呪文を紡いでいる。

私がこの数日間、ジャックやココのそばにいてわかったことがある。ジャックは、ずっとこの女の子とココを重ねていた。そしてそこに、かつて奥さんを失った過去をダブらせていたんだ。だからその助けたいって想いは、ずっとずっと強いものなんだと思う。

人の弱さは、同時に強さにもなる。その想いが形になれば、きっと――

「あるべき姿を見せて」

私が最後の一節を唱えた時、少女の内側にあった魔力が強く青白い魔力反応の輝きを放つのがわかった。

溢れ出さんばかり力が少女の中で巡り、体内から溢れ出た魔力が風となり、辺りを揺らした。

すると、少女の体に異変が起こった。

「隆起していた筋肉が、戻ってく……」

祈さんがポソリと呟く。

先程まで少女を圧迫していた筋肉や皮膚を突き破っていた骨が体内へ収まり、獣のようになっていた手足が正常な形へと戻っていく。

溢れ出た光は強く、私たちは思わず目を閉じた。

すべてが静寂に包まれ、光が消え。永遠にも思える時が流れた後。

私たちは、そっと目を開けた。

「どうなった……？」

ジャックが辺りを見渡し、そしてある一点を見て驚いたように目を見開いた。私も釣られて目を向ける。

部屋の中心に、一人の少女が安らかに眠っていた。

髪色はすべて抜けてしまっているが、先程の異形とはほど遠い、まるで天使のような美しい顔に思えた。

ジャックはゆっくりと少女に歩み寄ると、脈拍を取り、呼吸を確認し、容態を見る。

私たちは呼吸することも忘れて、その様子を見守った。

やがて、ジャックは言った。

「まだ精密検査をしなきゃならねぇが、呼吸、脈拍、共に正常だ」

彼は、何だか泣きそうな笑みを浮かべていた。

「施術は成功だ」

その言葉が合図だった。

ワッと上がった歓声と共に、部屋の外にいた病院のスタッフたちがお互いを抱きしめ合ったのだ。

中には涙を流すスタッフもおり、彼らの涙はコトリとビンへこぼれ落ちた。

院長は顔のシワと一体化するほど深い笑みを浮かべ、何度も何度も小さく頷く。

緊張がすっかり解けた私は、へナヘナとその場にへたり込む。

情けなくその場に座り込む私に、ジャックが手を伸ばしてきた。

「救われたよ、お前には」

私は差し出されたその手を笑顔で取る。

「あったりまえじゃん」


少女の容態に問題がないとわかる頃には、私たちもクタクタになっていた。

病院側でしばらく経過を看《み》てくれるそうなので、一旦今日は休むことにする。

家路に就くと、すっかり陽が傾いていた。

「流石に体力の限界だわ。私は戻って休む」

「祈さんも、もう歳ですね……」

「だな」

「あんたらの体力が異常なのよ！」

「私もホテルに戻る。疲れすぎてズベリーの顔すら見たくない。消滅してほしい」

「拒絶レベル高すぎない？」

ホテルに戻る祈さんやソフィと別れ、海沿いの道をジャックと一緒に歩く。

祈さんには強がりを言ったものの、私もジャックもボロボロだ。

「なんでお前はうちに来んだよ」

「いいじゃん。ココがご飯作って待ってるって言ってたし」

「ったく、すっかり同居人だな」

ぶつくさ言うも、何となくそれが本音でないことくらいはわかる。私は何だかそれが嬉しくて、ジャックの隣について歩いた。

アクアマリンの夕暮れ時は、世界有数の美しさだ。

夕陽を海が反射し、緩やかに寄せては返す波がそれを揺らす。

波の音が穏やかで、なんだか一仕事終えた私たちを労《ねぎら》っているようにも思えた。

「あぁ、マジでめっちゃ疲れた！　今日は爆睡したろっと」

「そうだな」

夕陽に向かってぐっと伸びをする。

横では少し嬉しそうにジャックが歩く。その顔は、何だか憑《つ》き物《もの》が落ちたようにも見えた。

「これであいつも、きっと報われる」

ジャックはポソリと言う。亡くなった奥さんのことだろう。

「あいつが魔力災害でステージVになった時、俺は何もすることができなかった。だからあいつが死んでから、死ぬ気で医学と魔法を学んだよ。それでも、あいつが死んだ病を克服できなかった。お前が来るまではな……」

そう言って、ジャックは私を見る。

「メグ・ラズベリー。俺はお前に助けられた」

「大げさだなぁ。あの魔法はジャックがいなかったら成功しなかったよ」

「それでもだ。お前がいなかったら、俺は何もできないままあの子を見殺しにしていた。過去と同じトラウマをまた抱えていただろう。お前の中にある、深く強い希望が俺を動かしたんだ」

「希望？」

初めて言われた。

「教えてくれ、メグ・ラズベリー。お前はどうして笑っていられる？　死を前にしているのに、何でお前はまだ自分じゃなく人のために行動できる？　どうして希望を持っていられる？」

「めっちゃ質問するやん。うーん、どうしてって言われてもなぁ……」

なんと答えるべきかはわからなかった。希望なんて、宿そうと思って宿したわけじゃない。

でも一つ、言えることがあった。

「私はさ、ただ諦めてないだけだよ」

「諦めてない？」

「そう。生きることを諦めたくないんだ。だって私には生きる理由があるから」

余命宣告を受けた時、私には何もなかった。背負うものも、夢も、目的も、別段持ち合わせてはいなかったのだ。でも、今は違う。今の私にはたくさんのものが乗っかっている。

フィーネやソフィや祈さんとの約束。フレアばあさんの記憶。ラピスの皆の笑顔。

それに……お師匠様。

みんな、私を信じ、私に託し、私を待ってくれている。

「嬉し涙を千粒集めろって言われて、そりゃ最初は無理だと思ったよ。でも諦めなかったから、ここまで来れた。もし私が今、何かを諦めたら……認めることになる気がするんだ。私があと半年で死ぬってことを」

私はそっと、海の方へと目を向ける。海から吹く夕焼けの緩やかな風が、妙に心地よい。

「私が与えられた課題は、たぶん最も難しい。だから、もし他のことで諦めてしまうくらいなら、嬉し涙を集める課題なんてクリアできない。だから私は諦めないし、ダメでもなんか行動する。私にはそれしかないから」

見上げると、空には宵の一等星が輝いていた。

美しい空に宵の色彩と、夕陽のグラデーションが広がっている。

「私はたくさんの人の想いや、約束を背負ってる。だからもう、私の命は私だけのものじゃないんだ。その人たちのために、私は生き抜きたい」

「想いを背負う……か。お前にしてはずいぶんと真面目な答えじゃねぇか」

「別に特別なことじゃないよ。ジャックだって一緒じゃん」

「どこがだよ」

「ジャックにはココっていう可愛い娘がいるじゃん。ココだけじゃないよ。病院の皆や、テレスさん、院長、アクアマリンの街の人たち。ジャックだって、知らないうちにたくさんの人たちの想いを背負ってんだよ」

ココが「お父さんは死に場所を探している」と言った理由が、今は少しわかる気がする。私から見ても、ジャックはずっと生き急いで見えたからだ。

娘ほっぽりだして、海外の危険な地域に行って、研究ばっかして。

死んだ奥さんの姿をずっと追いかけているように見えた。

私がそう見えるってことは、たぶんココにはもっと顕著に見えただろう。

でも本当は、ジャックはただ必死なだけだったんだ。

奥さんを失って、もしココも同じような状況になったら……。

そう思ったから、焦って、怖くても、必死にもがき続けていた。過去と向き合い、また同じことが起こっても乗り越えようとした。

でも必死すぎて、いつしか大切なものが見えなくなっていたんだ。過去に囚《とら》われて、焦って、自分を待ってくれている大切な人がいることを忘れて無茶をするようになった。

私には、ココとジャックが助け合って生きていたように見えた。

でもきっと実際には、言葉にはできないわだかまりや、溝があったんだと思う。

「形は違うけどさ、人を生かすのも、自分が生きるのも、本質はきっと一緒だよ。そこに生きたいという意志や生きてほしいという願いがあれば、希望は宿る。そして魔法には、それに応える力があるんだ」

「お前……」

「絶望は、諦めを受け入れるから宿るんだ。だから私は絶対に諦めない。後ろ向かずにいつも前だけ向いてひたすら走れば良いんだよ。簡単じゃん」

私はニッと笑みを浮かべる。

「今までは、死んだ奥さんのトラウマを払拭するために医術を勉強してたかもしれないけどさ。今度は奥さんじゃなくて、娘や、ジャックのそばにいる人たちに向き合いなよ。そうすれば、きっともっとすごい医者になれる」

「つたく、説教くせぇ。いちいちうるせぇ奴だな」

ジャックはバツが悪そうに頭をボリボリ掻いた後。

「あー、でもそうするよ」

と、そっけなくそう言った。素直じゃないんだから。

そうした不器用な姿は、何だか見ていてこっちまでムズムズして。

「よし！　じゃあ美味いケーキでも買って帰ろう！　それを皆で喰うのじゃ！」

「それお前が喰いたいだけじゃねぇか。全く、ポジティブモンスターだよ、お前は」

「誰がモンスターじゃい」

憎めないジャックの人間くささが、島の人たちに好かれている理由なんだろうなと少し思った。

○

数日後のアクアマリン総合病院の診察室にて。私の足に巻かれたギプスを、ジャックが外していた。その様子をすぐそばで腕組みをした祈さんとソフィが眺めている。

「ほら、外れたぞ。これで完治だ」

「おぉー、やべぇ、足軽ぃ」

久々にギプスが取れた解放感に、思わず感動の声が漏れ出る。

「一応完治してるが病み上がりだからまだ無茶するんじゃねぇぞってお前！　何やってんだ！」

「へっ？　喜びの旋風脚を少々……」

「メグ！　年頃の乙女が恥ずかしげもなく股開くんじゃないの！」

「ズベリー、狭いから外でやって」

「そういう問題じゃねぇ！」

ジャックは「はぁ、全くお前らはなぁ……」と呆れたように頭を押さえると、真剣な顔で私に向き合った。

「いいか、メグ・ラズベリー。これで貸し借りはなしだ。契約を終えた今、次に骨折ったら正規の金額を取る」

「うげ、マジで」

後で板に踵落《かかとお》としを決めようと思っていたがやめることにした。

「それでお前ら、今日発《た》つんだったか。せわしねぇな」

「まぁ、私もソフィも結構長居しちゃったしね」

「無駄なことに時間を費やした」

「無駄って言うな。っていうか私もあんまりのんびりしてると、お師匠様にドヤされるんだよね。休んだ分死ぬまで労働させられちゃうよ」

「師弟関係見直せ」

そこでジャックは、何か考え込むような表情を浮かべた後、立ち上がった。

「お前ら、出る前にちょっとついてこい」

「何さ、藪《やぶ》から棒《ぼう》に」

「良いから」

意味がわからず、私たちは顔を見合わせる。とりあえず今は従う方が良さそうだ。

ジャックに連れられてやってきたのは一般病棟の個室が立ち並んだ一画だった。

その中の一室の前でジャックは足を止めると、コンコン、とノックをする。

「入るぞ」

ジャックがドアを開ける。

中の光景を見て、私は何故自分がそこに連れられてきたのかにすぐ気付いた。

ベッドの上に、あの患者の女の子が座っていたからだ。

ステージVの少女。でもあの時の、汚染で変わり果てた姿とは違う。

頭には包帯を巻いているものの、顔はもう普通の女の子と相違ない。

こうして見ると、まだずいぶんと幼い女の子だった。十歳いくかいかないか、というところか。

「今日はお客さんだ」

ジャックが少女に声をかけ、私たちに仕草で合図する。入ってこいと言っていた。

「ようやく一般病棟に移動になってな」

「医者でもない私が会っちゃって良いの？」

「あんたが会わなくて誰が会うのよ。メグがいなかったらこの子は助からなかったんだから」

困惑する私の背中を、祈さんが押す。ソフィを見ると、促すように小さく頷いた。

少女の前に立ち、私は内心ドギマギしながら無理やり笑みを浮かべる。

「初めまして。私はメグ・ラズベリー。あなたは？」

「あぅあ」

「えっ？」

「あぅ、あぇ、あう」

少女は上手く言葉が話せないように、パクパクと口を開く。

「ジャック、この子言葉が……」

「あぁ、まだちゃんとは話せねぇ。一時的なもんだがな」

よく見ると、少女の外見はところどころ少しおかしい。というのも、耳がないのだ。正確には、人間のあるべき場所に耳がなく、獣のような耳が頭部に生えている。

「猫耳だ……」

「魔力汚染の後遺症だ。魔力の変異で、臓器なんかはそのままだが、耳などの感覚器官はちょっとした獣状態だな」

「まだ完治には程遠い」

ポソリと呟くソフィに向かって、ジャックは神妙な顔で「あぁ」と肯定する。

「この魔法の後遺症をなくす。それが、俺の次の課題だな」

「次の課題、か……」

その言葉は、ジャックが前を向く決意の表明にも思えた。きっとこの課題は私に与えられたものでもあるのだろう。考えていると、祈さんが興味深げに少女の顔を覗き込んだ。

「それでこの子、容態はどうなの？」

「悪くない。知識も記憶もある。長く言葉を発していないせいで今は上手く話せないでいるが、じきに回復するだろう。判断力も、知性も、徐々に戻ってくる」

「そりゃ良かった」

私はホッと胸を撫で降ろした。しかし、ふと疑問が浮かぶ。

「この子、両親が死んじゃったんだよね。回復したらどうなるんだろう？」

「魔法協会の養護施設行きかしらね。魔力の災害孤児は魔法協会管轄だから」

祈さんの補足に疑問を覚える。

「故郷には帰れないんですか？」

「こいつの故郷は魔力災害で滅んだ。帰る場所はねぇ」

「そんな……」

故郷もない。家族もいない。そんな場所で、これからこの子は生きなければならないのだ。

たった一人で。

「こんなに幼いのに、一人なんて……」

するとソフィが「大丈夫」と言葉を告げた。

「この子は大丈夫、生きていける」

「何でわかんの？」

「私も同じだったから」

ソフィはかつての自分を見るかのように、そっと目を細める。

「この子の人生がどうなるか決めるのはこの子自身。でも生きているからその選択ができる。辛いこともあるかもしれないけど」

ソフィはそう言って、チラリと私のことを見た。目が合う。

「生きていればきっと理解者に巡り合える」

「ソフィ……」

「そうだな」

ジャックがソフィの言葉を引き継ぐ。

「たとえこの先、こいつが生きていることを後悔したとしても……生きていれば、希望を掴むことはできる。だから俺はこれからも人を生かす。命を助ける。それが俺の仕事で、役割だ」

その言葉は何だか胸に響く。

ジャックの奥さんが生きたかった今日を、この子は生きている。誰かが生きたかった日を生きているからこそ、人は自分のできる限りの力で生き抜くべきなのだ。

たとえ、それを望まなくとも。

その時、少女が机に向かって手を伸ばし始めた。ジャックの持ってきた紙とペンを指差している。

「何だよ。何か書きたいのか？」

ジャックが示されるまま紙とペンを渡すと、少女はなぐり書きのように何か書き始めた。

いびつで、震える線で。

「ミミズみたい。なんじゃこりゃ」

「文字じゃない？　英語かしら。シエ……ラ？　シエラって書いてある」

「名前だな」

「名前って、この子の？」

少女は私を見て、うっすらと笑っていた。その笑みに私も自然と笑顔が浮かぶ。

「あなた、シエラっていうんだ」

「あぅあー」

私が名を呼ぶと、まだ、幼くあどけない笑みが顔いっぱいに広がる。

その笑顔を見た時、私は不意に泣きそうになり、ぐっと唇を嚙んだ。

私がやったことは間違いじゃない。この子を助けて良かった。

心からそう思った。

○

病室を出た私たちは、ジャックの見送りを受けて病院前のタクシー乗り場まで案内される。

「それじゃあジャック、世話になったわね」

「また次の賢人会議で」

祈さんとソフィが言うと、ジャックはフッと笑った。

「お前らがいなくなると、ココが寂しがるな」

「また遊びに来るって言っといてよ。ジルさんやメアリとか、あとマルコさんにも！」

「面倒くせぇ。自分で言ってくれ」

私たちが和気あいあいと話していると、病院の入り口が開いた。フサフサのひげ、つるつるのハゲ頭のおじいさんが姿を現す。アクアマリン総合病院の院長である。

「院長も見送りに来てくれたんだ！」

私が手を振るも、院長の顔は浮かない。深刻そうな様子に、私たちは顔を見合わせた。

「お前さんら、帰るのは無理かもしれんぞ」

院長に案内され、医療センターに足を運ぶ。他の看護師さんもいる中、テレビをつけた。

室内にいる全員が、テレビの画面に注目する。

『緊急避難警報』

そう書かれていた。

色々とチャンネルを替えてみるも、どこも全部同じ文字が表示されていた。どうやら、この地方の放送が切り替えられているらしい。

「緊急避難って、ただごとじゃないわよね。何がどうなってんのよ」

「由々しき事態」

「もうすぐ七賢人による特別放送をするそうじゃよ」

「七賢人って……言の葉の魔女かしら」

「だろうな」

「あ、始まるよ」

テレビ画面に見惚《みと》れるほど美しい若い女性の姿が映る。

『言の葉の魔女クロエ』と表示されていた。

実際に画面に出ているのはクロエではなく、その弟子で影武者役のウェンディさんだ。いつもはバラエティなどにも出て明るい雰囲気の彼女だが、今日はいつになく真剣な表情をしていた。釣られて、緊張感が漂う。

『えー、みなさぁん。本日は突然すいませぇん』

間の抜けた話し方に思わずガクッと力が抜ける。室内に立ち込めていた緊張感は霧散した。

「なんつー緊張感のない奴だ……」

「あれ素でやってんですかね」

「でしょうね……」

「一から鍛え直すべき」

皆が思い思いに感想を述べる。こちらの状況はつゆ知らず、ウェンディさんは話を続けた。

『今日、精霊の動きに大きな乱れが出ましたぁ！　調べてみたらアクアマリン地方で大きな魔力の変異が起こってまぁす！　地震、津波、海底火山の噴火、いろんな可能性がありまぁす！　アクアマリン地方の方は地上に戻って、厄災にそなえてくださぁい！』

ウェンディさんは間の抜けた声で必死に訴えかける。ふんわりとした口調に反し、内容は随分と深刻だ。普通の口調で言われればパニックを生み出してもおかしくはないが。それを和らげているのは、ウェンディさんの持つ独特の雰囲気の賜物《たまもの》だろう。

何となく、何故彼女が起用されたかわかった気がした。

「精霊の乱れか……」

ジャックが呟き、祈さんが思考するように顎に手を当てる。

「ただごとじゃないわよね。ジャックは何が起こると思う？」

「わからん。だが不吉だな。特にここ最近は色々おかしかった。海流の変化や、沖の天気が妙に変わかりやすいって話もあった」

「何かの兆候かしら。よくあるの？　こういうこと」

「寒い時期に海流がおかしくなることは珍しくないが、今のこの時期は稀《まれ》だな」

そういえば市場の魚屋さん、ここ最近はまともに船が出せていないって言ってたな。

沖で急に竜巻が起こったり、雷が落ちたり、波が荒れたり、妙な現象が起こると言っていた。

「まるで魔法みたいだなぁ」

私が何となくそう言うと、皆がハッとした顔で私を見た。そんな真剣な顔で私を見るな。

「そうか、なんで気付かなかった……！　魔力災害だこれは！」

ジャックは額に汗を浮かべる。そんな彼に、私は怪訝な顔をした。

「魔力災害って、魔力が災害を起こすやつだよね。でも海に魔力の変異はないんじゃ？」

「海底で起こってんのよ！　だから表には出なかったんだわ！」

「海底で……？」

目を丸くする私に、ソフィが補足する。

「最近のアクアマリンはいろんな自然現象が併発していた。それは魔力が大気や水流に働きかけていたからと考えられる」

「アクアマリンは昔、地震や津波が多かったって話があるわ。それが魔力に起因するものだとしたら、史実と整合性が取れるわね」

「へぇぇ？　でもそんなのが今更わかるなんて……今まで誰も調査してなかったってことですか？」

「アクアマリン地方の沖合は海流が複雑じゃからのう。海底の調査は、ほとんど進んでいないのが現状なんじゃよ」

私の疑問に院長が答える。そういえば、何かで見たことがあるな。この星の七割は海で覆われているが、実際の調査は十数パーセント程度しかできていないのだと。

「深海で魔力災害が起きてたとしたら、さっきの発表通り、最悪の事態になるかもな」

「魔導師が四人いるとはいえ、流石に人手不足ね。私、魔法協会に連絡入れとくわ。誰か派遣してくれるかも」

「まともな魔導師でも来りゃ良いが……。おい、俺たちはちょっと出てくるから、ここで待ってろ」

「え？　ちょっと……」

慌てた様子でジャックと祈さんは部屋を出ていき、私とソフィはその場に残される。

勝手にどんどん話が進んでしまう。看護師さんや他のスタッフも不安そうな顔をしているし、それでいて現実味がない。足元から嫌な感覚が徐々に染み込んできているような気がした。

「何が起ころうとしてるんだろう。ソフィは何かわかる？」

するとソフィは「もしかしたら」とポーチから小さな本を取り出した。

アクアマリンの歴史について書かれた文庫本だ。

「来る前に読んでた」

「アクアマリンの歴史書？」

「アクアマリンは災害が多い街だった。でもある日ピタリとその災害は発生しなくなった」

「何で？」

「大きな魔力災害が起こって魔力の流れが変わったから。そして、アクアマリンは魔女テティスのお陰でその災害を乗り越えた」

「昔も同じようなことが起こってたってこと？」

ソフィは頷く。

「近年、アクアマリンでは海流の流れがかつての状態に戻りつつあった。魔女テティスが生きていた時代と同じ海流に。それは、魔力の流れが戻ってきたということ」

「だからたくさんの小さな自然現象が起きてたんだ。それらがかつての魔力災害と同じように、魔力が起因しているものだとしたら……」

「歴史は繰り返される。昔と同じことが起ころうとしてるのかもしれない」

「昔と同じことって……アクアマリンを襲った大きな津波のこと？」

「状況は一致している。もし一連の出来事がすべて予兆だとしたら――」

ソフィはテレビを見つめる。

「このままだと島は沈む。かつてアクアマリンを襲った数千年前の大災害によって」

数千年前の災厄。かつて魔女テティスが一人で対峙した、大津波。

もし、今回起ころうとしているのが、それと同様のことなのだとしたら。

このアクアマリンはもうすぐ海の底に沈み、私たちは全員、今日死ぬことになる。

もちろん、まだ可能性の話だ。

でも、先程の魔法協会の放送は、それを裏付けるには十分なものに思えた。

あんないたずらに大衆を煽るような放送は普通しない。

それだけ事態が切迫しているということなのだろう。

「ズベリー、深刻な顔」

「そんなに難しい顔してたかな」

「皆不安になる。いつもみたいに踊る肉人形でいた方が良い」

「どんな表現やねん」

ソフィが強《こわ》ばる私の顔をグニグニとマッサージする。

そんな私たちを見て、院長は優しい表情を浮かべた。

「そうじゃの。メグにはいつもみたいに元気いっぱいな顔がピッタリじゃ。それにまだ希望を捨てるには早計じゃぞ？　今はわしらにできることをせねばな」

「……そうだね」

そうだ、まだ決まったわけじゃない。助かる可能性があるんだから、やれることをやろう。

しかしそんな私たちを絶望の淵《ふち》に叩きつけたのはジャックだった。

「魔法協会から連絡が入った。最悪の事態になったぞ」

「津波？」

「あぁ、それもとびきりでかいやつだ。高さ三十メートル級。十数年前に似たような大規模の津波が起こったが、これはそれを超える可能性がある。そろそろテレビでクロエが警告するだろう」

すると、再びテレビ画面にウェンディさんが姿を見せる。

『精霊が魔力による津波の発生を予測しましたぁ！　もうすぐ大きな津波が起こりまぁす！　皆さん高台に逃げてくださぁい！』

必死に訴えかけるその顔はもはや泣く直前だ。

「災厄の再来、か……。悪い予感が当たったのぅ」

テレビを見ていた院長は、どこか諦めたように視線を落とした。

「かつてテティス様が対峙した津波は、眼《め》の前《まえ》に海の壁が生まれたと言われていた」

「島を沈めるほどの津波の壁か……」

「何か方法はないのかな」

「まだ予兆でしかねぇが、クロエ曰《いわ》くほぼ確実らしい。今、祈が魔法協会と対処法を相談してる。何か妙案があるかもしれねぇ。とはいえ、何ができるかってところだが」

島を飲み込むほどの大規模な津波。そんな巨大な災厄を前に、私たちができるのは逃げることくらいだろう。

じゃあ、その逃げ道すらなかったらどうすれば良いんだ。

ふと見るとソフィの手が震えていた。顔が青白い。普段はミステリアスな表情な彼女が、明らかな恐怖を顔に映している。私はそっとソフィの手を取った。

「ズベリー……」

「きっと何とかなるよ。きっと……」

何の根拠もないのに、私は言い聞かせるようにそう言った。

神妙な顔をした院長は、近くにいた看護師のテレスさんに声をかける。

「テレス、スタッフをここに集めなさい」

「はい」

覚悟したようにテレスさんは部屋を出た。

「院長、どうするのさ？」

「スタッフたちを家族と共に避難させる。なるべく安全な場所にな」

「でも、さっきの話が本当だとしたら」

「無駄、じゃろうな。それでも、わしらは生きるために足掻かねばならん。この島の皆の命がここで終わるなど、あっていいはずがない」

「院長……」

すると、不意に私のスマホが震えた。

ディスプレイには『お師匠様』の名が映し出されていた。私はその名前に飛びつく。

「お師匠様！」

『メグ、大変なことになったね』

「言うてる場合ですか！」

電話口の向こうにいる魔女ファウストの声は、ずいぶんと落ち着いていた。

「このままだとアクアマリンが沈んじゃいます！　早くこっちに来て助けてくださいよ！　時魔法なら飛べるでしょ！」

『悪いけど、それはできないね』

「はぁ!?　できない？　何でじゃこなくそ！」

『今、アクアマリンを囲むように強力な魔力の乱れが起きてる。外からの魔法を阻む壁がアクアマリンを囲んでいるのさ。干渉が一切できない状態だ。クロエも魔法協会も方法を探しているが見つからないだろう。その島に干渉できるのは内部の人間だけだ。この電話も、すぐに繋がらなくなる』

確かにお師匠様の声には徐々にノイズが入り始めていた。魔力が強すぎて電波干渉が発生しているんだ。

「じゃあ一体どうしたら……」

『お前がやるんだ』

耳を疑った。お師匠様は構わず続ける。

『良いかいメグ。お前が、その島にいる皆を助けるんだ』

「そんなご無体な。無茶言わんでくださいよ」

『無茶じゃない。お前はもう、そのための技術を手にしてるはずだよ。島を救うための魔法の技術をね』

「技術ったって……」

『メグ、よくお聞き。今、現場はかなり混乱しているだろう。迷う判断を迫られることもあるはずだ。でもね、正しい答えは、いつだってお前の胸の中にある』

ノイズが強くなる。お師匠様の声が、遠くなっていく。

『メグ、笑いな。偉大な魔女はね、逆境にこそ笑うんだよ』

お師匠様の声は、そこで途切れた。ノイズが強まって、もはや通話できる状態ではない。

漠然とした言葉と、無責任な無茶振りだけが私の中に残る。

「何だってんだ一体……」

そう呟いた時だった。島に、大きな地響きが起きたのは。

○

立っていられないほどの巨大な地震だった。悲鳴が上がり、全員がその場にしゃがみ込む。

棚が倒れ、机が揺れ、電灯が明滅して。ようやく揺れは収まった。

実際には、一分なかったと思う。でも私には数時間にも感じられる長さだった。

怒濤《どとう》のような騒音が消え、代わりに死んだような静寂が満ちる。

「院長、無事ですか？」

「あぁ、すまんのうジャック」

ジャックが体を起こす。その腕の中には院長の姿もある。とっさに庇《かば》ったらしい。

「お前ら大丈夫か？」

ジャックの声に、スタッフから無事の声が上がる。とりあえずは無事のようで、室内に安堵の息が漏れた。

「皆無事で良かった……」

「ズベリー……重い」

「あ、ごめん。つい」

私に押しつぶされたソフィが恨めしげな声を上げた。酷い地震だったが、そこまで被害は酷くなかったようだ。棚が少し倒れたくらいで済んでいる。

「ちょっと、今の地震何!?　大丈夫!?」

少し遅れて祈さんが部屋に飛び込んできた。

そんな彼女に無事を告げるようにジャックはユラユラと手を振る。

「こっちはとりあえず大丈夫だ」

「祈さん、私もソフィも無事です。ご心配なく」

「メグは別に心配してない」

「心配して」

「患者の様子を見てこねぇとな。街の様子も気になる」

「院内はこっちでなんとかしよう。皆、すぐに患者さんの安否確認を」

院長の言葉に他のスタッフが手早く動く。この非常時にも統率が取れているのは、さすが世界トップクラスの病院だ。

「それで、電話はどうなった？」

ジャックの言葉に、祈さんは首を振った。

「話してる途中に通じなくなった。魔力干渉が強まりすぎた」

「魔法協会はなんて？」

「方法はないって言われたわ。魔力が強すぎて魔導師の派遣ができない。外側からの魔法も届かないから、援助もできない状況なのよ」

「とうとう見捨てられたってわけか」

「まだ助かる見込みはある」

「どういうことだ、ソフィ？」

「私と祈は大規模魔法が使える。私たちで協力して結界を張れば……病院内の人だけでも助けられるかもしれない」

「でもソフィ、それじゃあ他の人たちは……？」

私が尋ねると、ソフィは「……助からない」と俯《うつむ》いた。

「島の中には島民だけでなく観光客も多数いる。全員を入れる広さはねぇ。それにあの数をここへ避難させるとなるとパニックになる。誰を助けるか、選別しろってことか」

「でもやるならそれしか方法はないわね。もっとも、三十メートル級の津波なんて、いくら七賢人二人がかりでも持つかわかんないけどね。可能性があるだけゼロよりマシよ」

「そんな……」

祈さんは私を見つめる。

「施術の都合上、私とソフィはここに残らなきゃならない。メグ、あんたも結界に入りな」

「私も……？　他の人を優先してくださいよ」

するとソフィが「ダメ！」と私の腕を強く摑んだ。

「ズベリーはここに残る。私の前から消えることは許さない」

ソフィの言葉に祈さんも頷く。

「私はあんたをファウストばあさんから預かり受けてる。あんたを無事に帰す義務があんの。そのためにここにいるんだから」

「私には寿命が……」

「メグ」

ポンと肩を叩いたのは、院長だった。

「お前さんにはまだやるべきことがある。たとえ寿命が半年だとしても、ここで死ぬことはない。生きる道があるなら、その道を目指しなさい」

「でも、それだと島の人たちが……」

「構わん。……ジャック」

「はい」

「若い島民を優先して引き入れなさい。もちろんココもな。重病の患者や、助かる見込みが薄い人、高齢者はわしと共に公民館に入ってもらおう。島ではあそこが比較的高い場所にある」

院長の揺るがない覚悟に、ジャックは辛そうに唇を噛んだ。その手は、血が滲みそうなほど強く握りしめられていた。尊敬している院長の覚悟を無下にもできず、状況を打開する策もなく。きっと、一番無力さを噛みしめてるのは彼だ。

「街の皆をよろしく頼むぞ、ジャック」

「くっ……」

◯

「メグ、ちゃんと島民の誘導が終わったら戻ってきな」

「もし戻らなかったら許さない。頭髪をすべて毛虫に変える」

「怖いこと言わないで！」

ソフィと祈さんに結界構築を任せて、私はジャックと街に出る。ソフィは私が街に出ることを限界まで拒絶したが、さすがにジャックや医療スタッフだけでは手が足りないから何とか説得することができた。

街に出ると、すでに混乱が見て取れた。たくさんの人が逃げ場を求めてさまよい歩いている。

先程の地震のせいで地面に亀裂が走り、建物も一部倒壊していた。

私とジャックは街を歩き、怪我をしている人の治療をし、泣き叫ぶ人には声をかけた。若い人は病院へ。年老いた人は公民館へ。ジャックは淡々と命の選別を行い、誘導する。

彼の瞳は揺れていた。迷ってるんだ。答えを出しかねてる。

そんなの当たり前だ。私だって、ラピスの街の人たちの中から誰を助けるか選別しろなんて言われたら、答えを出せないだろう。

でも、迷ってる時間はない。全員が死ぬか、一部の人だけでも助かる可能性に賭けるか。これは、そういう選択なんだ。

「あれだけ大きな地震なのに、ほとんど建物が崩れてないね」

「あぁ、この島は長年、ただ災厄に襲われていたわけじゃない。長い年月と時間をかけて、建物の造り方を見直してきた。この街には島の人の知恵と努力が染み付いてんだ」

ジャックは、アクアマリンの街並みを見つめる。

「この街は、俺とココにとって大切な故郷だ。広場にいつもいるじいさん、口うるせぇ鮮魚店のおっさん、賑やかな商店のばあさん、マルコやジル、メアリ。みんな、家族であり、仲間みたいなもんなんだ」

ジャックは、ぐっと唇を噛んだ。

「これまで、被災地での医療活動を何度もやってきた。助ける命と、助けられない命を選別することも少なくなかった。遺族に恨まれようと、泣き叫ばれようと、一番多くの人間が助かる選択をしてきた。今回だって同じはずだ。それなのに……」

「ジャック……」

見ていられず、私も思わずうなだれる。

そこで、奇妙なことに気がついた。あれだけ街を走っていた水路がどこにもないのだ。

いや、違う。水路がないんじゃない。水路の水がなくなってるんだ。

よく見てみると、水の都とまで言われたアクアマリンに、水が一滴も存在しない。

人の流れを読むのに必死で、全然周りを見ることができていなかった。これは、明らかに異様な光景だ。

水の消えた水路の底には、テティスの文字が刻まれていた。

「ねぇ、ジャック、これって――」

「お父さん」

聞き覚えのある声がして、振り返るとココがそこにいた。

ジルさんやメアリ、マルコさんも一緒だ。

「ココ、無事だったか」

ジャックがどこか安堵の色を浮かべる。やはり心配だったのだろう。

「お父さんの娘だもん、こんな時ちゃんとしないとね」

「皆無事で良かった！」

私が迎えると、メアリは泣きそうな顔で私に抱きついてくる。よっぽど怖かったのだろう。

そんなメアリの頭を撫でて、ジルさんが微笑みを浮かべる。

「ココちゃんが私たちを誘導してくれて、どうにかみんな無事だったんです」

「そうだったんだ」

皆が皆、再会できた喜びを分かち合っている。

この人たちの中から、命を選別する？

そんなことしたくない。

綺麗事かもしれないけれど、本当にもう皆を助ける方法はないのだろうか。

皆を助ける方法は……。


——メグ。


その時、一瞬だけ何かに呼ばれた気がした。

「ねぇ、今誰か私の名前を呼んだ？」

「えっ？　呼んでないけど」

キョロキョロする私の顔を、不思議そうにココが見つめてくる。

誰でもないなら、一体誰が……？

私は思わず天を見上げた。建物の隙間から、鐘が見えた。魔女テティスの魔鐘だ。

そこで私は思い出す。魔女テティスが作ったという祝福の鐘は、かつて幾度となくこのアクアマリンを災厄から守ってきたのだと。

これしかないと、そう思った。

「おい、メグ・ラズベリー、どこに行く！」

「先に行っといて！　後で追いかけるから！」

私はジャックの制止を振り切って、時計塔へ走る。終末が近い。急がないと。

混乱する街を抜け、広場へと出た私は魔鐘のある時計塔へと向かった。世界遺物の鐘が吊るされた時計塔は、鍵がかかっており中に入ることはできない。そう、普通なら。

「理の名の下に開け」

私が呪文を唱えると、ガチャッという音と共に鍵は開いた。上手くいってくれた。世界遺物の吊るされた施設だからもう少し魔法対策をしてあるかと思ったが、杞憂だった。海を渡らないと来ることができないアクアマリンに、わざわざあんな大きな鐘を盗みに来る輩《やから》なんていないのかもしれない。

誰も見ていないことを確認し、中に入る。まるで犯罪者だ。不法侵入なので間違ってはないが、非常時なので許してもらおう。

長く機能していなかった時計塔だが、内装はキレイだった。しっかりと手入れをされているのがわかる。

ここは、たくさんの街の人たちに愛されてきた場所なんだ。

レンガ造りの階段を上り、鐘のある屋上を目指す。

どれくらい上っただろう。そろそろ足も疲れてきた時。

「あった……」

ようやく、屋上への入り口が見えた。階段の終わりが天井になっており、上に押し開けるタイプのドアがついている。そこにも簡単な施錠がされていた。

鍵を外した時、再び大きな地震が街を襲う。

「ひょえええぇぇぇぇ!!」

立ってることすら困難で、思わず座り込みながら情けない声が出た。

突然の揺れと私の叫び声に驚いて、肩に乗っていたカーバンクルがキィキィ鳴いた。

さっきよりもずっと大きい。塔がぐらつき、軋み、パラパラと天井から塵《ちり》が落ちてくる。

このまま塔が崩れるんじゃないかと思った時、ようやく地震は収まった。

「だだ、大丈夫かな……?」

「おい、メグ・ラズベリー！　無事か!?」

声をかけられ、振り返るとジャックがそこに立っていた。追いかけてきたらしい。

「ジャック！　ココやみんなは？」

「病院に送った。祈とソフィがお前を連れてこいとよ。ぶち殺すって」

「鬼だ……」

「非常時に勝手にうろつくからだ。あいつらなりに心配してんだよ」

「わ、わかってるよ」

でも、私だってこの非常時に遊ぶために来たんじゃない。ここで引くわけにはいかないのだ。

私はドアに手をかける。

「おい、何やってんだ。さっさと戻んぞ」

「待って、この先に行かなきゃ。そのために来たんだから」

「何でだよ。この先には鐘しかねぇだろ」

「呼ばれた気がするんだ」

「呼ばれたって、誰にだ」

それは私にもわからない。でも、きっと行けばわかる。私はドアを開くと、表へ出た。風が吹きつけ、思わず目を細める。潮風なのに妙に乾いて感じられた。

少しずつ視界が利くようになり。

そして私は、その光景を見た。

「なにこれ……」

アクアマリンが一望できる、時計塔の屋上。美しい街並みのその先に。

壁があった。

視界を横切るように走る、大きな壁。正確には、それは壁ではなかった。

津波だ。街より遥かに高い規模の、とてつもない規模の津波が迫ってきていた。

本来なら、美しい海が広がっている場所に水が一切ない。海の水がすべて引いてしまっているんだとわかった。それらが今、まるで壁のようにアクアマリンに迫っている。

「何なんだこれは……」

ジャックが唖然とした声を出す。

三十メートル級なんてものじゃない。恐らくその数倍はあろうかという大津波だ。

あまりに大きすぎて誰も認知できていなかったんだ。

「話と違うじゃねぇか……こんなの、いくら祈やソフィの結界でも……」

ジャックの声には、深い深い絶望の色が混ざる。

きっと、今、この光景を見ているすべての人間が、死を覚悟している。

カーバンクルが私の肩にしがみつく。私はその小さな体を、優しく抱きしめた。震えている。カーバンクルだけじゃない。私も震えているんだ。

今まで、何度も死ぬような目に遭ってきた。けれど、これほどまでに『死』を予期したことは、たぶんない。自分の手がカタカタと震えるのがわかった。息が乱れ、緊張で歯がガチガチと鳴る。

信じられない光景に、体が上手く動かない。

私の心の中にも、絶望が満ち溢れそうになっている。

それなのに。

「メグ・ラズベリー……お前、なんて顔してやがる」

私は笑っていた。

脳裏には、いつかのお師匠様の姿が思い浮かんでいた。

絶望の象徴であり、『災害』とまで称される圧倒的な悪魔サタンを前に、お師匠様は不敵な笑みを顔に浮かべていた。

あぁ、お師匠様。私、今ならあなたの気持ちがわかります。

どうしようもない絶望を前にしても、絶対に無理な状況でも。

私たちがもし、生きることを望むなら。

心に希望を宿すために、魔女は……逆境にこそ笑うんだ。


——メグ……

——こっちへ……


再びあの声が聞こえる。声の方を振り向くと、そこにあの魔鐘があった。

アクアマリンを祝福するテティスの鐘が。

声は、あの魔鐘から響いている。私とジャックのすぐそばにある、大きな大きな鐘から。

私がここに呼ばれたのは、決して偶然なんかじゃない。

この鐘に宿った魔女テティスの意思が私を呼んだんだ。

「この鐘さえ鳴らせば、きっとみんな助かる。そうだよね……」

「もう何人もの魔導師が直そうとして不可能だった代物だ！　無理に決まってんだろ！」

「それでもやらなきゃ！　じゃないと皆が死ぬ！」

ジャックの怒鳴り声に負けないくらいの声で、私は怒鳴り返す。

気圧されたジャックは、驚きに口を噤《つぐ》んだ。

そう、ここで私が諦めたら、きっと全員死ぬ。

いくら七賢人の強力な結界があっても、即席であの規模の津波には耐えられない。

私は、コンコン、と鐘をノックした。

鈍い響きで、美しい鐘の音を鳴らす気配はまるでない。魔鐘に宿っていた精霊が完全に死んでるんだ。金属も古びているし、鳴るような状態じゃない。

「ねぇ、教えてよテティス。どうして私を呼んだのか。私は、何をすれば良い？」

だけど鐘は答えてくれない。もうあの声は聞こえなくなっていた。

代わりに、ものすごい轟音が聞こえてくる。津波が迫る音だ。

諦めるな、諦めるな。テティスがここに私を呼んだのには、きっと意味がある。

私はアクアマリンの街を見つめ、ここに来たすべてのことを思い出す。街中に流れる水路。あらゆる場所に描かれたテティスの文字。水が消えた水路の底にも、その文字は描かれていた。

ハッとして私は手すりから身を乗り出して街を眺める。そこにあるものに気がついた時。

「は、はは……」

思わず笑みがこぼれた。

「ジャック。わかったよ」

私は、そっとジャックに微笑みを向ける。自分でも驚くほど清々《すがすが》しいものだったと思う。

私の表情を見て、ジャックは目を見開く。

「わかったって、何がだ」

「鐘を鳴らす方法だよ」

私は、まっすぐその瞳を捉えた。

「魔女テティスの鐘は今日、アクアマリンに鳴り響くよ」
○

私の前に海の壁があった。巨大な津波で、地面が小刻みに揺れている。

階下の広場では、逃げるのを諦めた街の人たちが呆然と立ちすくんでいた。

あまりに巨大な津波を前にして、誰もが絶望している。

この中で諦めていないのは、たぶん私だけだ。

私はテティスの鐘に向き直る。

世界中の魔導師や技師ですら直すことのできなかった、祝福の鐘。

私がこの鐘を鳴らせる方法があるとしたら、たった一つだ。

「鐘を鳴らすって、お前どうする気だ……？」

「感情の魔法を発動する」

「感情の魔法を？」

もしかしたらって思っていた。

テティスは、古《いにしえ》の時代を生きた魔女だった。

だからこそ、彼女が用いたのは、感情の力を使った魔法だったんじゃないだろうか。

人の心を大切にした感情魔法。私はその教えを、お師匠様や……たくさんの人から教わった。

「ジャック、テティスはずいぶんいたずら好きだったみたいだね」

「急に何だ？」

「だって彼女はこの街にとんでもない魔法を残していたんだよ」

「何だと……」

アクアマリンには、たくさんの水路が流れていた。それは街から海へと流れ込むもので、街の至る所に作られていたのだ。そしてその水路にも、テティスの文字は刻まれていた。

記念碑や広場を始めとした街の文字は、魔女テティスが描いた物をそのまま再現したという。どうしてそんなものを何千年も残し続けたのか、少し疑問だった。

もちろん歴史的価値や、この街の人とテティスの絆《きずな》の象徴でもあるのだろうけれど。

それ以前に、当初は別の意味を持ったものなんじゃないかと思ったんだ。

テティスが描いた文字はきっと、現代では使われていない古代魔法に用いる魔術文字だ。

彼女はかつてこの街に災害が多いと知り、街の人と協力して街中に文字を刻んだ。災厄を乗り越えた後も街に文字は残されたが、言い伝えは少しずつ歪んで伝わった。

魔法陣が得意なソフィが文字に見覚えあると言っていたのは、何かの本で似た文字を見たからだろう。

魔女テティスはこのアクアマリンすべてを包み込むように巨大な魔法陣を構築していたんだ。

そして魔法を発動させる源となるのが、この時計塔の鐘――テティスの魔鐘なんだ。

「ジャック、私は最後まで足掻くよ。もう私の無力のせいで誰かに傷ついてほしくない。後悔したくないから」

ここで病院に行けば、結界のお陰で奇跡的に助かるかもしれない。でも、それで生き残ったって、きっと私は喜べない。たとえ私が生き残って嬉し涙を千粒集められたとしても、ずっと罪悪感が心に残り続ける。そんな人生……最低だ。

いつだって正しい答えは私の中にある。

迷うまでもない。全員助ける。その一択だ。

だって、私はメグ・ラズベリー。世界中に愛される魔女なのだから。

「仮にここで逃げて自分だけ生き残ったとしたら、私は生涯自分を許せないよ」

皆が絶望を抱えている。けど抱えているのは絶望だけじゃないはずだ。その根底には、生きたいという希望が宿っているはず。感じられるかはわからない。でも意識するんだ。この街の人々の想いや願いと繋がることを。

私は目を瞑り、アクアマリンの人たちの感情に心を向ける。

ジルさんやメアリやマルコさん、テレスさんに院長、ココとジャック、そしてシエラ。皆が笑顔で過ごしていたアクアマリンの美しい風景、青い空、響く波の音、空を舞うカモメたち。透明な海には美しい魚たちが泳ぎ、波打ち際を子供たちが走り回る。夕暮れ時には港町が賑わい、人々が笑顔で談笑し、一日の疲れを労う。

この街で何万もの人が生き、多くの喜びを共にした。

『聞いてお父さん、今日学校でこんなことがあったの』『おはよう、いい天気だね』『今日は魚が安いよ、何せ大漁だ』『いらっしゃいませ、いつもの席空いてますよ』『退院しても、元気でいてくださいね』『俺と結婚してくれないか』『この子だけでも助かって本当に良かった……』

まるで走馬灯みたいに人々の声が流れていく。その中には、聞き覚えのある声も混ざっていたような気がした。その声を追いかけるように、私は深く深く意識を潜り込ませる。

すると、一人の少女の姿が見えた。

魔女のような格好をした、私と同じくらいの歳の女の子が。

『私、この街が好き』

彼女は振り返ると、ニッといたずら小僧みたいに口を大きく開いて笑みを浮かべた。

『だから皆をお願いね、メグ』

ハッとして目を開くと、目の前で魔鐘が大きく輝いていた。

魔法の共鳴が強まり、魔鐘を中心にアクアマリンの全土から巨大な光が生み出されている。アクアマリンすべてに記されたテティスの魔法陣が発動し、鐘からは見たこともないくらいの力が解き放たれていたのだ。

アクアマリンの街を包むように、街の四隅に大きな光の柱が立っている。

いつか、テティスの文字が描かれていた記念碑のあった場所だ。似たような記念碑が東西南北に合計四つ置かれていた。あれはこの魔法を構築するための支柱だったんだ。

時計塔を囲む広場に刻まれた文字までもが強い光を解き放つ。

今、この街にあるすべての魔術文字が同じ輝きに満ち溢れている。

「お願い……」

私は、祈るように唱える。

その一節を。

「祝福の鐘の音を聞かせて」

瞬間、大きな大きな鐘の音が、アクアマリンの街を包んだ。


カーン……

カーン……


響く音は、とても美しい音色で街を包み込む。

魔女テティスの魔鐘が、美しい鐘の音を鳴らしていた。

刹那、アクアマリンに迫っていた巨大な津波が、まるで断ち切られたように真ん中から二つに割れたのだ。

街を避けるように両脇を通り過ぎたとてつもない規模の海水はやがてその勢いを弱めると、徐々に水位を落とし凪《なぎ》となっていく。

先程までの絶望的な光景が幻だったかのように、海の情景が戻ってくるのがわかった。

テティスの結界が発動していた。

テティスの鐘は美しく鳴り響く。数千年の時を超えて、アクアマリンを祝福するように。

「ありがとう……テティス」

その音色は、まるで美しい女神が歌っているようだった。

○

病院に戻った私たちを、ココや院長、それに祈さんたちが迎えてくれた。

「お父さん！」

ココがボロボロ涙を流しながら、ジャックに抱きつく。

ジャックは大きな両手で、ココの体を抱えた。

「ココ、心配かけたな」

「私のこと、一人にしないでよ！」

「悪かったよ。お前を一人残したら、あいつに怒られちまう」

良かった良かった。腕を組みながらその様子を見守っていると、背後から怒号が聞こえた。

「こらぁ！　メグ！」

「ひぃ！　い、祈しゃん……」

祈さんはバチギレしていた。

「このバカ！　どこ行ってたの！　出るなって言ったでしょ！　散々！　あれほど！　口酸っぱくして！」

「しーましぇん……」

彼女は散々こってりと私を絞り倒した後、不意に私の体を強く抱きしめた。

「バカ……。あんたは将来私の助手になんだからね……」

「……はい」

英知の魔女は、優しい涙を一粒流した。

「ズベリー……」

祈さんに抱きしめられていると、ソフィがその後ろから口をへの字にして私を睨んでいた。

わなわなと震えるソフィは、目元に大きな涙まで浮かべている。

彼女が泣くのを見るのはそれが初めてだった。

「行くなって言ったのに」

「ゴメンて」

「そばにいろって言ったのに！」

「悪かったって！」

「死ぬことは許さないって契約したのに!!」

「死んでないから！」

「馬鹿ぁ！」

ソフィは大きく叫ぶと、爆発したように祈さんに抱きしめられる私を更に抱きしめた。

「死ぬなって言ったのにぃ!! 死なないって約束したのにぃ!!」

「だから生きてるじゃんかぁ！」

祝福の魔女は、ポロポロと涙をこぼした。

◯

魔法協会や国連の助けが来たのは、すべてが終わった数日後だった。海の安全確認が取れ、定期船が運行できるようになるまでに時間がかかったのだ。

同時に、私たちもようやく帰路に就けるようになる。

その頃には、お師匠様へも連絡が取れていた。

『メグ、よくやった』

「はあ、何とか生き残れました」

『今回お前たちが遭遇した未曾有の大災害は、かつてテティスが遭遇した大災害と同様のものだろう。津波がきっかけで乱れていた魔力の流れも元に戻ったそうだし、これでもう安全だ』

「だと良いですけどね。まぁ、テティスの鐘も蘇ったんでこれからは大丈夫でしょう。そういえば、津波自体かなり大きかったみたいですけど、他の場所は大丈夫だったんですか？」

『ほとんど被害はないそうだ。魔法協会が各国の魔導師と協力して沿岸部に強力な結界を張ったのが効いたんだろう。それに津波の発生予測が早かったのと、テティスの結界で津波の勢いが弱まったのも幸いしたね』

「そりゃ良かった。じゃあこれで一件落着って感じですね。私も今から帰りますんで」

『さっさとしな。仕事が山ほどあるよ』

「うへぇ……」

あれだけの大災害の後でも平然と弟子をこき使う。労働者を搾取する鬼畜経営者のような存在である。そして一番恐ろしいのは、それすらも受け入れようとしている我が奴隷根性だ。

「そう言えば、一つ聞きたいんですけど。お師匠様はこうなることを知ってたんですか？」

『そんなわけないだろう。魔法は万能じゃない。たとえ私の千里眼をもってしてもね。それにこっちも忙しいんだ。赤ん坊のようにお前の様子を一から百まで見守ってたら、椅子から動けなくなっちまうよ』

「もう歳ですもんね。マルチタスクが厳しいというか……」

『おだまり』

ふふっと、どちらからともなく笑ってしまう。

何だか最近ずっとバタバタしてたから、こういうやり取りも久しぶりな気がした。

『早く帰ってきな。久しぶりにシチューとパン、用意しておくからね』

「はい。すぐに帰ります」

電話を切って船のそばにいる祈さんの元まで戻ると、見覚えのある人影があった。

ジャックやココや院長にテレスさん、ジルさんにメアリまでいる。

見送りに来てくれたのだろう。

「みんな！　来てくれたんだ！」

「ほっほっほ、街の救世主を挨拶なしで返したら、アクアマリンの名折れじゃて」

近づくと、院長はそっと手を差し出してくれる。私はその手を取って、しっかりと握手した。

「メグ、本当にありがとう。お前さんがおらんかったら、この街は今頃滅んでおったじゃろう」

「気にしないでよ。私もこの街が好きだしさ。皆を守れて良かったよ、ホント」

「本当に、本当にありがとう……」

そう言って、院長は涙を一粒流す。院長から流れ出た涙も、私のビンへと吸い込まれた。

きっとこの人は死を覚悟していたはずだ。街のために死のうと思っていた。

だからこそ、この涙は、心からの感謝の印なんだとわかった。

「いかんのう。歳を取ると涙もろくなって」

「嬉しい時くらい、泣いてもいいじゃん」

「……魔女テティスは、ひょっとしたら、お前さんのような魔女じゃったのかもしれんのぅ」

「私みたいなって？」

「人が好きで、人を大切にできる……そんな魔女じゃよ」

「そんな！　女神みたいに美しいだなんて！」

「ほっほっほ、今度は整形手術を受けに来たら良いいて」

「どういう意味やねん」

すると「メグちゃん」と、今度はココが声をかけてくる。

「また絶対に来てね、約束だよ」

「当たり前じゃん！　必ずココに会いに来るよ」

私はふと、気になっていたことを思い出す。

「ねぇココ。私、わかったことがあるんだ」

「何？」

「やっぱりジャックはさ、別に死に場所を探したりなんてしてないと思う」

「えっ？」

「ジャックは、誰よりもココのことを大切に思ってるよ。だから、大切な娘を置いて逝くなんてこと、絶対にない。こりゃもう、私が太鼓判を押すよ」

「……うん、わかった。信じる」

私の言葉を聞いた後、太陽のような明るい笑みを浮かべてくれた。

たぶんココはもう大丈夫だ。根が明るくて、太陽みたいな子だから。

「メアリとジルさんも、元気でね」

「ねぇ、メグちゃん。また会える？」

「会えるよ！　アクアマリンにはまた来ると思うし。会いに行くね」

「うん！」

「メグさん、待ってますね」

その時、船の汽笛が大きく鳴り響く。

「そろそろ出港だな」

「えー、お父さん！　私もっと話したい！」

「バカ。それだとこいつら帰れねぇだろうが」

私から離れようとしないココを、ジャックがそっと引きはがす。

次にジャックは私の目の前に立つと、私をギロリと睨んだ。まるでマフィアだ。殺される。

「メグ・ラズベリー」

「うひゃい！」

ドスの利いた声で、思わずウサギのように跳ね上がった。

「お前には大きな借りができた。この借りは必ず返す」

「返すって……？」

「お前の余命を終わらせない。お前がアクアマリンに渡した以上のものを、今度は俺が渡す。その時まで待ってろ」

不器用な魔法使いが出した、精一杯の交換条件。

でも、その言葉に嘘や偽りがないことだけは、確かにわかった。

「うん、期待してる」

○

船が出港し、私たちはアクアマリンを後にした。

失われた潮風が再び鼻孔をくすぐり、広がる青空にカーバンクルが足元ではしゃぐ。

祈さんは私の横で「やれやれ」と伸びをしていた。

「やっと終わったわね。んー、大仕事したって感じ」

「疲れた。魔法協会に頼んで追加で休暇を申請する」

「でもソフィ、あんたパレードの仕事が詰まってんでしょ？　アクアマリンに来るのも相当無茶したんじゃないの？」

「ズベリーのために全部スケジュールをずらした。クライアントには魔女メグ・ラズベリーに損害賠償請求をするよう伝えてある。追加で休暇を申請する分もズベリーには背負ってもらう」

「好き放題しすぎやろ」

傍若無人なソフィに思わず突っ込んだものの、疲れてるのは私も同じだ。

「嬉し涙は手に入ったけど、思ったほど集まらなかったなぁ……」

「集まらなかった？　何言ってんのよ」

「えっ？」

間抜けな顔をする私に、祈さんはそっと私の腰元を指差す。

何かを悟ったように、ソフィもチラリとこちらを見ていた。

「ビン、見てみなさいよ」

言われるがままベルトに付けてたビンを目視する。

仰天した。

来た時より遥かに多い、ビンの半分近くを占める、とんでもない量の涙が入っていたから。

「な、なんじゃこりゃあ……!!」

どう見ても五百粒近くはある。こんなとんでもない量、どうやって集めたんだ。

「それが、今回あんたのやったことよ。むしろ、少ないくらいじゃない？」

「ズベリーは今回十万人以上の人を救った。千粒集まっててもおかしくなかった」

「うひぃ、マジか……」

たぶん、ビンが涙を集められる範囲が狭かったんだろう。

アクアマリンを救った時、街中の人たちが涙を流しながら喜んでいた。私はその、ほんの一部の涙しか集めることができなかったわけだ。もしあの時病院に戻らず街を練り歩いておけば、今頃千粒の涙が集まっていてもおかしくなかっただろう。

歯ぎしりする私を見て、祈さんは嬉しそうにニッと笑った。

「私たちの涙、大切になさいよ」

「雑に扱うことは許さない」

「祈さんとソフィの涙？　ホンマに？」

「それより、見てみなさいよ、ほら」

「えっ？」

祈さんの視線を追いかけ、アクアマリンの島に目を向ける。

思わず、言葉を失った。

アクアマリン中の人たちが、港や、岸辺から、私たちへ手を振ってくれていたから。

「ありがとー！　メグちゃーん！」

「また遊びに来いよー！　魔女っ子ー！」

「メグさん！　祈さん！　ソフィさん！　また来てください！」

「ありがとう！　偉大な魔女たち！」

アクアマリンから、たくさんの声が聞こえる。喜びと、希望に満ちた声が。

「圧巻ね。魔女テティスの報酬かしら」

「パレードでもこんなに感謝されたことはない」

「みんな……」

私は胸がいっぱいになる。目頭が熱くなるのを、どうにか深呼吸して抑えた。

「またねー！　また絶対に遊びに来るよー！」

私が大きくアクアマリンに手を振ると、テティスの鐘が祝福するように鳴り響いた。

本当に私は助かるかもしれない。

その希望が、胸に湧き上がる。

風が吹くと、潮風の匂いがした。
美しい水の都アクアマリン。
その街からは、今日も美しい鐘の音が響き渡る。

エピローグ
魔女の憂鬱

ファウストはガチャリと電話を置く。

今どき使っている方が珍しい黒電話を見つめながら、ファウストはそっとため息を吐いた。

「……運命が動き出そうとしているね」

愛弟子《まなでし》であるメグが自身の過去を知ってしまった。それはファウストにとって予期せぬ出来事だった。千里眼を持つファウストの予想を超えて、メグの運命が動き出そうとしている。

メグはきっと、自身の過去を知りたいと願うだろう。しかし、知られるわけにはいかない。真実を知らないことが、あの子の幸せになるのだから。

すると再び黒電話がジリリリと音を鳴らした。

「やれやれ……今日はやけに電話が多い日だね」

ファウストが受話器を手にして「もしもし？」と尋ねると、しばしの沈黙の後『母さん』と相手が答えた。今にも消えそうなささやかな声だが、ハッキリと耳に届く。

名前を聞かずとも相手が誰だかわかった。自分を『母さん』と呼ぶ人物は一人しかいない。

自分と同じ七賢人の一人、『災厄の魔女』エルドラだ。

「エル、お前から電話だなんて珍しいね。どうしたんだい」

『突然電話してしまってごめんなさい。この間のお誘い、時間が取れたから受けようと思って』

ファウストは思わず笑みを浮かべる。

「そうかい、そりゃ良かった。それでいつ頃来られるんだい？」

『来週の半ばには行けると思う……。多少前後するかもしれないけれど』

「別に構わないよ。私もお前に合わせて時間を空けておこう。気兼ねすることはないさ。ここは——ラピスはお前の故郷なんだから」

『ありがとう、母さん』

しばしの沈黙の後、『母さん、何か心配事でもあるの？』とエルドラは尋ねてきた。心を見透かしたかのようなその言葉にファウストは少しだけ息を呑んだが、すぐに表情を正した。

「どうしたんだい？　急に」

『母さんの声色が、少し曇って聞こえたから』

「何、大したことはないさ。何も心配しなくて良い。それじゃあ、待っているよ、エルドラ」

電話を切り、ファウストはそっとため息を吐く。

「大丈夫だと良いけどね……」

メグの出生の秘密だけは、誰にも知られるわけにはいかない。知られれば最後、自分もメグもエルドラも、今まで通りの関係ではいられないだろう。

必ず墓まで持っていかねば。

ファウストはただ、強くその決意を固めた。

あとがき

作者の坂《さか》です。この度は『ある魔女が死ぬまで』二巻を手に取ってくださりありがとうございます。あとめちゃくちゃお待たせしてしまってすみません。

今回、色々と奇跡みたいな巡り合わせがあり、二巻が発売されることになりました。その最たるものは『ある魔女』のアニメ化です。まさか映像化されるとは……。

メグを初めて書いた時、何かデカいことをやらかしてくれそうな期待感というか、ワクワクさせてくれる強いパワーのようなものを感じたのを覚えています。物語の中でも驚かされることが多々ありましたが、物語以外でも驚かされるとは思いませんでした。

この小説はとても人に恵まれた作品です。続刊を望んでくださった読者の皆様を始めとし、本当に色んな方のおかげでコミカライズや映像化が決まり、続きも本にできました。ただの趣味の小説が、多くのご縁をいただいて広がっていく姿は、どこか『ある魔女』のメグの物語ともリンクしているように思えます。読者の方々はもちろん、関係者各位にも心から感謝を。

メグがこれからどうなっていくのか、物語の筋書きは既に完成しているので、あとはどう描くのかというお話になってくるかなと思っています。

願わくはメグの行く末を、もう少しだけ一緒に見守っていただけますと幸いです。

坂

電撃の新文芸

ある魔女《まじょ》が死《し》ぬまで2
-蒼《あお》き海《うみ》に祝福《しゅくふく》の鐘《かね》は鳴《な》り響《ひび》く-

著者／坂《さか》

イラスト／コレフジ

2024年7月17日　初版発行

発行者／山下直久
発行／株式会社ＫＡＤＯＫＡＷＡ
〒102-8177　東京都千代田区富士見2-13-3
0570-002-301（ナビダイヤル）
印刷／ＴＯＰＰＡＮクロレ株式会社
製本／ＴＯＰＰＡＮクロレ株式会社

【初出】

【カクヨム】

本書は、2021年にカクヨムで実施された「電撃の新文芸2周年記念コンテスト」で「熱い師弟関係部門」の《大賞》を受賞した『ある魔女が死ぬまで ーメグ・ラズベリーの余命一年ー』を加筆・修正したものです。


ISBN978-4-04-915566-2　C0093　Printed in Japan

ファンレターあて先
〒102-8177
東京都千代田区富士見2-13-3
電撃の新文芸編集部

「坂先生」係
「コレフジ先生」係